KB274869

내 마음의 창

작가가 연필화로 그린 수몰지구의 고향집

서문당

시인의 말

지금 당신 곁에 있는 사람은

지금 당신 곁에 있는 사람은
하늘을 친구삼아 살아온 사람

지금 당신 곁에 있는 사람은
떠가는 구름을 보고 친구 하자 하는 사람

지금 당신 곁에 있는 사람은
스쳐 가는 바람 끝 부여잡고 친구 하자
떼를 써보기도 하였답니다.

숲 속에 개구쟁이 바스락 아침을 열면
그곳에 친구들도 함께 놀아 달라
떼를 써보기도 하였답니다.

쾌쾌한 할무니 치마폭에 감싸 안겨
곰방대에 피어오르는 연기와 친구 하며
피어오른 연기 속에 할머니의 사랑은

금세 쭈그렁 젖가슴 속으로 숨바꼭질하자 하고
할무니 사랑과 함께 피어오릅니다.
옹골진 입가에 주름으로 골 깊이 파고듭니다.
3남 4녀의 행랑 채 누렁이 가족처럼
살아온 세월은 추억의 나무가 되었습니다.

세월은 흘러
가을 나무 낙엽 떨어 내듯
앙상한 가지에 볼품없는 행색으로 겨울을 낳고
또 봄을 맞아 새날을 맞이합니다.

꽃 피고
싱그런 열매를 맺어야지
분주한 초여름 문턱
내 이름 석 자에 모자를 썼네요.
시인 정석희
검은 바위처럼 조금은 바보스럽게
그렇게 살다 가련만
그래도 이 한 몸 살다간 흔적을 노래로 불러 보고파

그 시작에 시상을 떠올려 봅니다.

할무니 품이 그리워
할머니를 노래합니다.

가신 아부지가 그리워
그리움에 울부짖어 봅니다.

그래도 남아 계신 엄니
뒤뚱거리시는 모습에 실낱 같은 외로움을 달래 보며

간간이
뜬금없이 일렁이는 그리움도
연민에 정도 노래로 달래 봅니다.

지척에 두고
함께하지 못하는 형제가 있기에
그 마음 아리함을 노래로 불러도 보며
별을 헤는 밤
그런 날도 있답니다.

덜컹거리는 수레처럼 살아온 세월
아직은 굴러가는 식솔들을
노래로 불러 봅니다.

아장아장 걷던 계집 사내아이
어느덧 머리통은 오뉴월 수박만치 컸습니다
뚝뚝한 외마디 던지고 나면 하루해를 다하는 식솔들

우리네 이웃이 모두가 그렇듯
오늘도 검푸른 새벽이 열리면
반가이 달려나갑니다.

가슴은 열고 걷지만
고개를 조아리고 살아갑니다.

어느덧
하루해는 중천을 넘었나 봅니다.

2004년 9월

玄岩 정 석 희

차 례

3. 여명이 열리는 세상 99

4. 거울 속 너에게 ······ 141

1. 세월을 담은 편지

하늘에는

하늘에는
할무니가 계시는 곳
나의 옛 모습이 간간이 보이는 곳

쭈그렁
할무니 젖가슴에 묻혀
긴 밤 코 잠들 때면
귓전에 자장가 노랫소리
우리 할무니

"이놈아 아프다"
"왜 그리도 베베 비튼다냐"

"이놈아 쭉정이 젖"
"아무리 빨아도 아무것도 안 나와"

푸르른 하늘
새털구름 아름다운 상상화
아름다운 무지갯빛 한 폭의 동양화

할무니 거 계시지유
하늘 그곳에

그리운 향기

생감자 삶아먹던 내 어릴 적
기억 속에 흔적들 잊고 살던 감자꽃
아직도 코끝에 맴도는 향기가 있네

할무니의 하얀 머리 얄궂은 이빨 하나
쭈그렁 할무니 치마자락 나폴댈 때면
코끝에 다다른 할무니 향내
아카시아향보다
장미향보다 좋았다네
그립다 하네

눈감고도 느낄 수 있었던
할무니 치마자락 향기
지랑물 냄새이었던가
된장 냄새이었던가
그리운 향기여

안방 방귀 소리

이런 집 하나 있네
조금 부족하다 싶은 집
마음에 여유를 찾을 수 있는 곳
밤하늘 이슬도 피할 수 있는 곳
등 대고 두 다리 펼 수 있는 곳

장지문 하나 사이
엄니 아부지 할무니 또 누이까지
안방 방귀 소리 장지문을 넘어
단숨에 달려 삶에 향내 집안 가득
행복이라네

봄이 간 자리

새색시
뽀오얀 젖가슴 같은 날

산과 들은
푸르름에 숨바꼭질 하자 하네

햇살로 덮이었나
소리 없이 봄은 가고

찔레꽃 서성이는 산언덕에
메아리는 추억을 노래하는가

송홧가루 잔바람에 진저리치는 날
오월의 가슴이여

꽃바람도 입맞춤에 안녕이라니
못다 한 사연일랑 민들레 홀씨에 담아

눈가에 맺힌 이슬

그립습니다
뒷동산 뛰놀던 개구쟁이 시절
신작로 행길가 잡초들도 기억 속에 새록

멀뚱멀뚱 서성이는 가로수 미루나무
옛 추억 향수에 젖어 눈가 이슬 맺힙니다

그립습니다
먼 산 산등선도 거기 그렇게 있다 하는데

잃어버린 세월
잃어버린 추억

그립습니다
두 눈에 이슬 맺혀 흐른답니다

잃어버린 세월
잃어버린 추억

소꿉동무 언약

한 많은 세월
흘려 버린 세월
맺힌 사연 눈물로 외쳐 본다

두레반 밥상 앞
옹기종기 그 시절 옛 추억을
가슴 부여잡고 불러 본다 불러 봐

동무들아
너희는 지금 어디에 살고 있니
그리움 사무쳐 메어지는 가슴
맺힌 사연 눈물로 불러 본다

추억 속에 굳어 버린
소꿉동무 손가락 맺은 언약
눈물 되어 흐르네

아 버 지

가신 님
모시 적삼 자락 나풀나풀
손자 손녀 먹일세라 양손 가득 참외 수박
가신 님 아부지의 하얀 머리 그립습니다

바람 불면 바람막이 되어 주시던 당신
비 오면 우산 들고 논둑 어귀 서성이시던
하얀 머리 아부지

찬서리 고달픈 것이 인생이라
힘들다고 힘들어 말어
슬프다고 눈물 흘리지 말어
고픈 듯 살아가는 것이 인생이라고
언제나 가르침 주시던 아부지

하루에도 몇 번씩
정신을 놓으시던 아부지

자식 등에 업혀 가자 하던 이놈 등짝 마다시며
뒤뚱뒤뚱 병원 복도를 걸으시던 당신
그날이 마지막일 줄이야

지금도 귓전에 가랑가랑합니다
지금도 이놈 등자락엔 밀쳐 내시던

당신 손끝이 잔잔히 느껴지기에

내리는 보슬비에 사연 담아 올립니다

아부지
죄 많은 당신 자식
잃고 가신 당신 짝 엄니는
짝 잃은 외로움에 간간이 꿈결에 부르신답니다

아부지

동심에서 달아난 추억들

총총히 논둑길을 걸었네
미루나무 홀로 멋적게 서성이는
파릇파릇 잡초들이 무성한 논둑길을

논둑 옆 둠벙은 그 시절 놀이터
평화로이 노니는 송사리 떼
고무신 논둑에 벗어 놓고
또래 또래 둠벙 탐색 여념 없구나

송사리 떼 붕어새끼
미꾸라지 물방개
논두렁길
동심에서 달아난 추억들
그 시절 그리움이여

내 마음
동심에서 달아나
달려온 길 수백 리 길

멋적은 사람
동심에서 달아난 추억들

뒤뜰에 채마밭 푸성귀 심어

뒤뜰에 채마밭
밤사이 또 자랐네 한 뼘이나 자랐네
상추 대공 사이사이 쑥갓도 파릇
우리 집 뒤뜰에 작은 텃밭 할무니 놀이터

마루 끝에 걸터앉아 찬물에 밥을 말아
풋고추 고추장에 한 입 물고 버석버석
뜨락 끝에 멍멍이 저도 한 입 달라 하네
꼬리를 살랑살랑
호호 매워 그 시절 그리워라

저 멀리 내다 뵈는
도심 속 밤거리 허공을 간다
반짝이는 불빛들을 우두커니 바라보며
눈길을 그곳에 홀로 두니 옛 시절이 보이누나
뒤뜰에 채마밭 할무니 놀이터
호호 매워 그 시절이 그리워라

촌 놈

내게도 고향이 있었지
봄엔 들판이 분주히 열리고
여름이면 매미들이 낮잠에서 깨우는
집집마다 살구나무 앵두나무 한 그루씩 두고 살던
그런 고향이 내게도 있었지

나지막한 돌담 위로 호박넝쿨 얽혀 있고
싸리나무 울타리 사이엔 뒷집 닭들이 옹기종기
간간이 날아든 잠자리도 넘실 나랫짓에 인사하던
새소리 멍멍이 소리만이 들리던 곳 고요한 마을
그런 고향이 내게도 있었지

앞산 위 걸터앉은 햇살 뜰 앞에 들 제
행랑채 그림자는 마당에 드리우고
매캐한 내음 집집마다 모깃불 피워 대며
굴뚝마다 하얀 연기 장기 자랑 한창이던
이런 곳이 무릉도원(武陵桃源) 행복이 자라던 곳
그런 고향은 너에게도 있었겠지

무릉도원 그림자도 잊었다냐
친구 친지 그리움도 팽개친 세월이라냐
홀로 떵떵이며 살겠다고 벼슬을 얻겠다고
뭐가 그리 좋은 게야 그래도 촌놈인디
생각해 봐 우리 고향 오솔길을

주인 모를 밭이랑에 숨어 자란 오이 참외
살금살금 한 개 따서 와삭 그리운 맛
기억 속의 맛인 게야 고향의 맛인 게야

황소똥 눈물

옛날 옛적이었나
코 찔찔 어린 녀석 추석빔 얻어 입던 날
행복한 마음 단숨에 달려 건네받은 설빔
단촐한 색깔 하얀 줄무늬 조끼 하나이었네

조끼를 입어 가며 안방서 건너방으로
뛰던 걸음 방바닥에 미끄러져 턱을 찌었던 그날
기쁜 마음 금세 잊고 황소똥만 한 눈물만 뚝뚝
추억이 스쳐 가는 날

해 저문 저녁 온 가족 식탁에 옹기종기
추억을 돌아보다 엄니 머리 백발도 잊었구나
어느덧 이놈 머리도 희끗
눈가에 잔주름 엄니 뵙기 무색구나

세월이 한이로다
왕궁에 임금이면 뭐할꼬

딸이 그린 풍경화

너 어릴 적 늘 즐겨 입던
빨간 줄무늬 주름치마
하얀 티셔츠

앞가슴을 하얀 도화지 삼아
김칫국물 자국 별자리 만들고
된장국물 자국 풍경화 되고

어쩌다 밥풀 두어 알 볼에 붙이곤
아장아장 걸어와 히죽 웃음 보이고
방바닥에 나타난 개미를 노리개삼아
우리 집에서 가장 바빠 했던 너 아가였지

이제 막 밥을 찾던 그 시절인 게다
그 시절 그 자리 김칫국물 자국 앞엔
번쩍이는 금목걸이가 걸렸구나
콧속을 후벼 대던 아가 손가락
손가락 마디마디 사랑 징표 하였구나

세월은 흘러
앞가슴 침 마를 날 없었던 아가
짧은 스커트 자락에 방긋 나온 가슴
세월이 흐른 게야

고향 생각

동쪽에 눈을 두고 고향을 그려 봅니다
서쪽에 눈을 두고 형제를 불러 봅니다

재 너머 지척에 남겨 둔 그리운 기억들
가을 아침 풀잎에 이슬 되어 앉았네요

들판을 가로지른 고속도로 옆
가을걷이 재촉하는 벼이삭이 기다림에 지쳤나
고개 넘어 산들산들 갈바람에 단단히 토라졌나

기척도 없다네요
밭둑에 호박도 통통 부운 볼멘소리 한마디 거들며
깊어 가는 가을날 울부짖는 귀뚜리 소리에 묻어 보는 날

오늘따라
재 너머 지척에 남겨 둔 그리운 것들
고향 생각 가슴에 눈물 되어 흐릅니다
찬 서리 동트는 햇살에 이슬 되어 흐릅니다

세월은 흘러 바위가 되었습니다

가신 님
님의 흔적은 오늘도 먼산바라기 되었습니다
님 떠나신 그날 세월은 흘러 바위가 되었습니다

하늘의 새들은 구름 속을 노닐고
나뭇잎 사이사이 숨바꼭질하자 하는 바람
풀숲에 벌레들은 분주히 흙내음 가득한 세상
그냥 그 자리 모두가 변함없답니다

가신 님
흐르는 세월 속에 불러 보는 님
가슴에 묻어 그리움만 더해 가는 님

님께서 두고 가신 흔적들
말썽 피는 철부지는 사내가 되어 갑니다
얄미운 계집애로 거리를 활보(闊步)합니다

멀리 계신 님
오늘도 님께서 남겨 주신 흔적들의 재롱을 바라보며
하루해 지친 육신 님 찾아 떠나 보렵니다

혹시 만나 뵐 수 있으려나

고향길

죄인 줄 알면서
찾아뵙질 못하였습니다

도리가 아닌 줄 알면서도
전화 한 통 드리질 못하였습니다

모두들 함박웃음 가득 안고
고향 찾아 떠나는데

죄인 줄 알면서
천릿길 타향에서 달빛만을 기다립니다

가고픈 고향길
마음만은 고향 뒷동산을 뛰놀지
동무들 불러모아 달빛에 숨바꼭질하자 하며

이 밤
하늘의 달빛이라도 함께 할까
고향 하늘 바라보며 뛰놀던 옛 동산 그려 봅니다
어깨동무 얼굴들을 그려 봅니다

죄인 줄 알면서
고향으로 발길 나서지 못한
이 바보를 용서치 마세요

어머니 정성

참깨 한 되 들기름 한 병
보자기에 꽁꽁 묶어 양 손에 들려 주시는
시어머니 손길
친정집 어머니가 그리운가 봅니다

철모르던 나이
지아비를 섬기겠다 설레이던 마음으로 달려온 아내
어머니 아픈 가슴 흘리시던 눈물도 알지 못하던
철없던 새색시 이제 어른이 되었나 봅니다

큰녀석 작은녀석 종종걸음 걸려 가며
지아비 따라 하루 명절을 보내고 돌아오는 길

양 손에 들려 주시는 시어머니 손길
잔주름 사이에 흐르는 것은 사랑이라고
장모님을 그리워하는가 봅니다

오래오래 살아 주세요
삶이야 고달프다 하지만
부모님 살아 생전 자주 찾아뵈올게요

철없던 자식 마음
고루고루 나누어 드릴게요
시집에도 친정에도 고루 나눠 드릴게요
두 눈에 이슬로 맺히었나 봅니다

가을 추억

저마다 분주했던 하루

텅 빈 사무실
홀로 남아 있는 시간
낮에 일들이 귓전에 윙윙

탁상시계 초침 소리
고요 속에 째각째각
깊어 가는 가을밤 노랫소리

촘촘히
별을 헤아리는 밤
가물가물 기억 속 흐릿한 시절
내 어릴 적 마을 어귀 뛰놀던 그 시절

이젠 기억조차
가물대는 밤하늘 별빛
희미한 세월 속에 묻혀 가는 밤

함께 별을 헤던 자리
찾아가 다시 밟지 못할 세월
별을 헤던 가을 추억

문풍지 울어 대는 가을

행복의 가운데 서 있던 날
나 어릴 적 어미젖 찾아 울부짖을 제
그날 방긋 웃던 배부른 아이 모습
천하를 얻은 행복 가득한 웃음

혀끝에 전해지는 아릿한 입맛은
어미젖에 향기도 잊었으니
이젠 세월은 흐르고
나뒹구는 행길가 가랑잎처럼

평정을 찾아
가을날 단풍 같은 삶의 여정
갈피갈피 책장 넘기듯 살아온 세월
잔잔히 들려오던 어미의 숨결조차
들리지 않는다네 잊었다 하네

눈앞에 펼쳐든 신문
아리아리 보이는 세상 소식 읽어 가며
돌아갈 수 없는 세월
찾지 못할 평정의 세월
아쉬움만 남는다네

어 머 니

찬바람이 일고 있는 깊은 가을밤
우두커니 베란다에 눈길을 멈추신 엄니
작은 난초 화분 하나 거실로 옮겨 놓으신다

날씨가 추운 까닭에
꽃망울 피우기를 망설이고 있다시며
작은 난초 화분 하나 거실로 옮겨 놓으신다

말 못 하는 화초 하나에도
관심을 주어야 외롭지 않다시며
작은 보살핌으로 가르침을 전하신다

당신 육신 하나 거두기도 쉽지 않으신 엄니
당신의 잠자리 머리맡에 놓인 작은 알약병 하나
새근새근 주무시는 당신의 모습에 고개를 조아립니다

내일
희망찬 아침 햇살 평안히 맞이하시길
철부지 커가는 어린것들 눈꼬리 멀리하여
당신께서 주무시는 발치끝서 고개를 조아립니다

옮겨진 난초 생기를 찾는 듯합니다
추위에 움츠린 잎사귀 펼쳐 보고 있는 듯합니다
기억조차 없는 어릴 적 엄니의 젖무덤 사랑을 생각해 가며
텅 빈 가슴 물끄러미 바라만 보았답니다

깊어 가는 가을밤
난초에 피지 못한 꽃망울을 바라봅니다
간간히 들려오는 엄니의 몰아쉬는 숨소리도 들려옵니다
어릴 적 어머니 사랑 되살려 보는 밤

이제사 알 듯하답니다
어린것 길러 주신 엄니의 사랑을

부지깽이 사랑

잘생기지도 못한 것이
헛간서 뒹굴던 못난 것이
내 엄마 손잡고 날 놀려

부뚜막 까만 아궁이서 엄마
온 가족 사랑 지으시던 엄마
그날도 아름다운 엄마 사랑
부지깽이 네가 먼저이었지

활활 잘만 타는고만 공연히
엄마 손길에 아궁이 불씨를
쑤석쑤석 가마솥 흘리는 땀
신이 났어 박수를 치던 너

마당에 멍멍이 꼬꼬닭 내 동무
멍석 위 옹기종기 놀고 있을 적
깜장 눈썹 빨강 모자 눌러쓰고
달려나와 훼방 놓던 너 신났지

너의 이름 부지깽이
어머니 사랑 부지깽이
흘러간 세월 다시 못 올
부지깽이 사랑

당신의 말씀

당신의 말씀
따르라 하시던 이유를
나 어릴 적엔 몰랐습니다
무엇을 따르라 하시는지
자랄 적엔 모르고 살았습니다

당신의 말씀
따르라 하시던 이유를
나 어릴 적엔 몰랐습니다
담장 너머 뵈는 것이 세상 전부인 줄
세상은 그런 줄만 알고 살았습니다

스스로에게 하늘의 별만큼 되물어
먼길 돌고 돌아 지금 여기 이마에 주름지고야

이젠 알 듯합니다
이젠 알 듯합니다
어렴풋이라도 알 듯합니다

가신 님 그리워

가신 님 돌아 돌아
그렇게 오시려나

오던 길 돌다 돌다
백발 되어 잊으셨나

님 그리워 흐르는 눈물
흘러흘러 강을 이루네

가려 할 때 잡을 것을
온다 할 때 부를 것을

허리춤에 차고야 살까
덩기덩기 업고야 살까

가신 님 그리워
거울 속 세월은 백발이어라

봄이 오는 소리

봄이 오는 소리
얼어붙은 나뭇가지 두 눈이 번뜩
솜털 옷 벗어들고 거리를 나섰다네

잃어버린 세상 찾아
정열로 움트는 새싹
푸르른 잎 피워지고

봄볕에 고갯짓하는
파아란 새싹이고 싶네

봄바람 아지랑이 손짓에
눈길 건네는 들꽃이고 싶네

봄이 오는 소리
버들가지 하늘하늘 콧노래 소리
강아지풀 새싹 나라서 들려온다나

어머니 눈물

봄 언덕
양지쪽 잔디 밑
단잠 깨어난 새싹
기지개 켜는 날

돌미나리
구절초 쑥부쟁이
봄맞이 분주한 아침 이슬
목 축이는 날

길 가던 늙은이
세월을 잡으려나
발길 멈추어
얼굴을 쓰다듬는다

은구슬 옥구슬 아침 이슬
늙은이 눈 속에 맺힌 세월
누가 볼까 소리 없이 훔쳐 내린다
인기척에 놀라 돌아본다
늙은이 나의 어머니

징/검/다/리

할아부지 정성
목련꽃 피고 지고
어머니 사랑
할미꽃이 되었다네
꽃바람 타고 단풍놀이 가자신다

어머니 사랑
할아부지 정성
웃음과 슬픔 사이 흐르는 세월
아범 아범 아범아 어서야 가자
징 검 다 리 건너 세 월 여 행

찔레꽃

어머니 손잡고
함께 가던 학교 길

까까머리 도시락통
딸랑딸랑 노래를 했지

개구리 송사리도
함께 놀자 손짓을 했어

찔레꽃이 빙그레 웃는 날
오늘은 불혹이 뒷걸음질한다네

소갈머리 새치도 히끗
삐딱한 구두굽도 오늘은 히죽이네

이젠
이젠 알겠다네

찔레 꺾어 잘근잘근
잊을 수 없는 그 맛을

그땐 모르고 살았습니다

비바람 속에도 늘 거기 그렇게
묵묵히 자리를 지켜 주시던 님의 마음
질박한 사랑이란 것을 그땐 모르고 살았습니다

10년 후
강산도 늙어 흘러간 세월 이야기하지만
옛사랑 고이 간직한 님 그렇게 그 자리 계신 님
백년 사랑 천년 사랑이란 것을 그땐 모르고 살았습니다

투박한 질그릇 사랑
봄볕에 걸친 옷매무시 질박한 당신
님의 수수한 마음 그땐 모르고 살았습니다
혀끝도 말라 어루만지다 그만 잠이 들었나 봅니다

어버이

어제는 상현달
땅을 보고 웃더니만

오늘은 하현달
하늘 보고 노래를 한다

우리 엄마 자장가 콧노래 소리
단잠 깨난 별들도 구경이 났네

저 달도 내 자식
이 달도 내 자식

달달 둥근 달 어버이 사랑

항상 그리움은 거기

할미꽃이 필 때면
내 가슴도 꽃이 피어
민들레 홀씨 타고 꽃구경 가네

찔레 꺾어 까 먹고
삘기 뽑아 한 움큼 쥐어 들고
산으로 산으로
그리운 시절

해 저물어
노을이 내려앉을 때면
풀 뜯던 암소 송아지 찾아 음매

앞산에 뛰어올라
석양이 두고 간 구름을 따다
숨은그림찾기 하며 놀던
그리운 시절

뭉게뭉게
피어나는 저녁밥 짓는 향기
산골을 타고 솔숲으로 달아나던
항상 그리움은 거기 있었네

동 그 라 미

푸른 초원
한가로이 풀을 뜯는 소 한 마리
아기소는 어디 두고

한 잎 뜯어 우우물
큰 눈은 힐긋 나를 보나
저만치 억새숲을 바라보나
송아지는 어딜 갔나

온종일
혼자서 있었나 봐 동그라미 그려 가며
물끄러미 주인을 기다리는 마음
송아지는 어딜 갔나

저만치
숲 속에 다람쥐와 구슬놀이 하는지
둑을 넘어 채소밭을 둘러보는지
주인님은 안 오시나 약주 한잔 하고 오시려나
송아지는 어딜 갔을까

온종일
동그라미 하나 그려 놓았네

호 롱 불

잠 못 들어
어둠 속 서성이는 나에게
작은 키 가녀린 몸 하나로
동무 해주던 너

해맑은
너의 마음
가끔은 자존심도 함께
까맣게 피어오르곤 하였지

모질지 못한 너
문풍지 소리에도 놀라 하던
삐죽이 내민 입술 검붉은 표정
가끔은 주마등같이 스쳐 간다

금세
누그러지던 너
동창에
아침이 들면

밤새워
함께 한 너의 마음
어둠을 깨우고
세상이 밝아 온다

호롱불 추억 속에
새록 잠이 들어
내 가슴 한켠에 잠이 들어
사랑으로 불 밝아 온다

밤꽃이 필 때면

밤꽃이 필 때면
소리 없이 다가오는 향기에
우리 누이 종종걸음 거리로 나섰다네

가슴속 잠이 들어
고운 꿈 꾸고 있던 설레이는 마음
잠 깨워 발길을 재촉했네

밤꽃이 필 때면
우리 누이 종종걸음
산등선 넘고 넘어 타박타박 나서는 발길
춤을 추며 다가오는 꽃 향기에 취했다네

그윽한 향기
우리 누이 달려가 품에 안기었나
춤을 추며 다가오는 꽃향기에 반했다나
부풀은 풍선처럼 설레이는 가슴
홀로 하늘을 날아 본다 하였다네

밤꽃 향 그윽한 유월이면
산들바람에 띄워 보낸 세월이 그리워
꽃 향기 따라 길 나선 청춘이 보고파
거울 속에 누이는 울고 있네
밤꽃이 필 때면

된장 뚝배기

투박한 손
거친 피부를 한 모습
그것은 당신이었습니다

꽃단장하신 당신
온몸에 안고 계신 상처들은
당신의 가르침이었습니다

모진 세월
그리움의 여운
그것은 자식을 위한 희생이었습니다

된장 뚝배기였습니다
어릴 적 할머니의 화롯불 주인
보골보골 끓고 있던 그것은 사랑이었습니다

두레반 밥상 한가운데
보골보골 끓고 있던 그것은
부모님의 사랑이었습니다

고추처럼 마늘같이
그때는 호호 매운 날도 있었지만
구수한 사랑이었습니다

말없는 된장 뚝배기

오늘도 이 가슴엔 보골보골
된장 뚝배기가 끓고 있습니다

자식이 드리는 진짓상입니다

뜰 아래 추억

담장엔
호박꽃이 한창
그날도 비는 내렸습니다

추녀 밑엔
방금 지나간 소낙비
생글 뜰 아래 작은 물줄기 만들고

방울
떨어지는 빗물에 하나 둘
달개비 왕관 되었다 사라집니다

멀리 보라 하였습니다
담장 넘어 까치발 딛고라도
멀리 재 너머 바라보라 하였습니다

맑은 하늘 내다뵈는 마당 위엔
고추잠자리 지칠 줄 모르는 나래짓
어느 새 담장에 호박꽃도 싱그런 미소

고향
뜰 아래 추억이 있습니다

걸어온 길

언덕에 올라
저 멀리 내려 뵈는 곳
내가 걸어온 길
그곳에 있었습니다

아득히
저기 먼 곳
뿌연 안개 속
추억에 묻힌 세월이었습니다

처음
갈림길도 많았다는 것
내려다보니 알 수 있었습니다
곧장 외길뿐이었다는 사실도
올라와 내려다보니 알 수 있었습니다

뻗으면 잡힐 듯 내려앉은 하늘
물안개 피어오르는 높지 않은 뒷동산
나 지금 뒤돌아 걸어온 길 내려다봅니다
세월은 이곳으로 날 데려다 주었습니다
저 멀리 첩첩이 또다른
세상은 손짓을 합니다

내려가야 할 시간이 되면
손짓하는 세상 그곳을 향해 내려가려 합니다

지금 내려 뵈는 걸어온 추억 같은 외길
산이 가려 볼 수 없다 합니다

그리울 때면
되짚어 오르면 될까

세월을 담은 편지

세월
지금부터 딱 오 년이 되는 날
지금부터 그날 그리움 다하는 날
그날엔 세월아 돋보기 쓰고 삭신이 쑤시고
나이 들어 더 쭈글쭈글해져도 우리 세월은
변함없이 제자리에 있으려나

보고파 그리워하는 마음
내 오십 년을 기다린다 한들
뭣이 힘들고 무엇이 그보다 더한 보고픔 있을까

산을 넘어 보니
첩첩산중 더 큰 산이 기다립니다
아래를 내려다보니 아득한 더 아래가 보입니다
미워도 싫어도
이젠 편히 가고픈 길 가려 하기에

세월이 흘러
그리워 그리는 그림
하얀 여백으로 남는다 하여도
그 여백에 이제는 나의 삶 고운 그림으로 담고 싶습니다

작은 화분
움틔운 꽃망울처럼
눈 하나 맑게 틔우고 나니

정말 해맑은 세상이 보입니다

앞서 걷는 이
아직도 움켜쥐신 끈 못 놔
파르르 전해 오는 전율
다 놓아 두시라 전하며
평안히 작은 길 소박한 길 가고프다 전합니다
이것이 나의 갈 길인가
미워도 싫어도 이젠 편히 가고픈 길 가려 하기에

세월이 흘러
그리워 그리는 그림
하얀 여백으로 남는다 하여도
그 여백에 이제는 나의 삶 고운 그림으로 담고 싶습니다

해변
모래알 수만큼
세월이 지나
그리움 다하는 그날이 오거들랑

콧노래 부르며
오십 년 고개 오르고 또 오르려 합니다
옹기에 묻어 둔 미소, 여인의 노래 들어가며

2. 내 마음의 창

내일이 오면

거칠어도 멋지구나
구릿빛 얼굴 갈라 터진 손바닥
힘차게 딛고 살아가는 삶의 흔적
바람에 휘날리는 당신
그 머리카락도 아름다워라

의지의 꽃대
행복이란 꽃잎 품안에 보듬으니
사랑이란 꽃낭 미소로 화답하네

거친 언사 말구
거친 행동 말구
거칠어 갈라 터진 손
뒤꿈치도 아름답다 하네

다듬어 내 품속으로
사랑의 꽃향 가슴 하나 가득
행복한 삶이야

오늘도 내일도

나 오늘도
당신 그리움에
가슴 가득 온통 당신뿐이었어

나 오늘도
설레는 가슴 열어
당신 사랑
보고 또 보았다지

오늘
내일
어제 같은 마음
행복해

가득한 사랑

가득 찬 사랑 함께 하리다
가슴에 고이고이 간직한 사랑
당신의 고운 마음으로 열렸으니
함께하리다 가득 찬 사랑으로

텅 빈 가슴
때로는 혼자라는 생각에
문고리 부여잡고 울부짖던 날
떨어지는 별 헤다 지쳐 잠이 들곤 하던 날
이제는 당신의 사랑으로 가득합니다

떨어지는 별을 주워
사랑으로 꿰어 보렵니다
흐르는 눈물을 모아
따뜻한 차 한 잔을 준비하렵니다
그리운 가슴으로

널 두고

자랑할 수 있니
우리 함께 사랑하고 있다고

자랑할 수 있어
너의 가슴엔 온통 나 하나뿐이라고
내게 너의 모든 것 주었기에 행복하다고

그렇게 할 수 있는 것
그래서 행복한 것

너의 마음 나에게
나의 마음 온통 너에게
이런 것을 사랑이라 한다지

함께 서로를 위해
베풀어 가는 마음 이것이 행복

잃어버린 시간

미워
내 마음 그렇게 몰라 주고
엉뚱한 소리 쉽게 하는 너 미워

미워
뜨거운 사랑 함께 해도 아쉬운 시간
서늘한 눈길로 차가운 말 건네는 너
바보 같은 말 쉽게 하는 너 미워

그지 마
그러지 마
사랑으로 채워 가도 짧은 시간이잖니

사랑싸움이 앗아 가는 세월
그것마저도 아까운 거야
잃어버린 시간

저 하늘 별 따다

그대여
나 그대에게 드릴 거 마음뿐

그대여
나 그대에게 전할 말 사랑이란 한마디뿐

그대여
저 하늘 별 따다 주련

그대여
스쳐 가는 바람 잡아 주련

그대여
나 그대에게 드릴 거 마음뿐

저 하늘 별 따다
그대 가슴에

내 사랑이어라

내 삶에 여분이 있다면

내 삶에 여분이 있다면
그것은
오직 당신만을 위한 삶이랍니다

내 삶에 여분이 있다면
그것은
오직 당신만을 사랑하기 위해서랍니다

내 삶에 여분을 얻었다면
그것은
오직 당신께서 나만을 사랑해 주셨기에
덤으로 얻은 삶이라 믿고 살렵니다

이제 남은 나의 삶
당신만을 사랑합니다

그대에게서 훔쳐 온 마음

그대가 건네준 쓴 말 한 마디
내 삶에 바른길 찾는 등불이 되었답니다

그대
들여다보이는 눈길 속엔
용기 잃지 마라 전하시는 눈길

행복합니다
그대에게서 훔쳐 온 마음속에
잊고 살던 사랑을 느낄 수 있었기에

행복합니다
맑은 마음은 이 가슴에 일고
시월의 높고 푸른 하늘이 그려집니다

안개비 걷히는 날

여보게
세상이 한눈에
침침한 눈앞에 보이던가

여보게
안개비 세상을 뒤덮었으니
가랑비 속옷 젖는 줄 모른다 하였던가

세상이 잠에서 깨어나지 않을 듯하지
안개비 속에 묻혀 영원히 말일세

기다려 보세나
안개비 걷히는 날

저 하늘에 함께해 보세나
멋진 인생 그림 그려 보세나

뭉게구름 떠다 비행기 만들고
비구름 들어다 큰 바위 만들어
멋진 그림 함께해 보세나
그리 해보세나

세월은 흐르고 있을 게야
안개비 걷히는 날
새 세상 맞이하세

당 신

아름답습니다
수반에 받들어 놓여진
꽃보다 더 아름다운 당신입니다

고운 당신
새색시 연지 곤지보다 더
눈이 부시게 고운 당신입니다

빛나는 당신
내 눈에 콩깍지 영원히 쓰고 살라 하셨던가요
이렇게 살아가는 날들이 행복이라 하셨던가요

내 눈 속엔 언제나
빛나는 당신 계십니다
행복입니다

당신을 부를 때

여보
당신을 부를 때
당신은 무어라 불릴 때 가장 행복해

나는
우리 자기 바보야 이렇게

여보
당신을 부를 때
당신은 무어라 불릴 때 가장 행복해

어이, 이봐!
애들 이름 불러 줄까
당신 이름 불러 줄까
아니면 자기야

그래도 이것이 좋구나
여보
여보여보여보

여보사랑해유

등불 같은 당신

캄캄한 밤
때론 세상이 모두 어둠 속에 숨어 버리듯
당신을 향한 마음에 그런 날도 있답니다
문득 그런 느낌이 밀려오는 날 있답니다
당신의 모든 것을 알고 있는 듯하였는데

가끔은 당신
당신의 마음속이 캄캄한 동굴 같은 날
어둠이 짙게 드리워진 고요 속에 깊이 잠든
슬픔만이 밀려오는 그런 밤 말이에요

당신의 모든 것을 알고 있는 듯하였는데
당신의 모든 것을 다 가졌다 생각했는데
이처럼 바보 같은 상념이 밀려올 땐 어찌해야 하나요

캄캄한 세상
나에겐 세상 밝혀 주는 등불이 필요합니다
당신의 뜨거운 사랑의 불꽃이 필요합니다
세상 바로 보게 눈이 되어 주세요

사랑의 불꽃
내 마음 환하게 밝혀 주는
뜨거운 사랑의 불꽃
등불 같은 당신입니다

내 마음의 창

우리 걸어온 길
함께해 온 세월
돌아보니 먼 길을 함께하였네요
우리 서로 살아온 세월 불혹이라 하니

돌아보며 용서를 구해요
때론 당신 마음을 상하게
때론 콩닥콩닥 말다툼에
힘들었던 기억들에 용서를 구합니다

마음 비워 돌아보면
모두가 부질없던 세월
당신만을 사랑한다 전합니다

밝은 빛 하늘 아래 세상이 보이네요
당신의 사랑이 힘 되어 주네요
불혹에 얻은 사랑 하늘의 은총인가 봅니다

당신만을 사랑합니다
나 없인 아무것도 할 수 없다 하시는 당신
맑은 하늘 하얀 뭉게구름 사이 빛나는 당신 얼굴
당신만을 영원히 사랑합니다

내 삶에 보석은 당신

나에게 보석이 있다면
그것은 아마
당신

나에게 미래가 있다면
그것도 분명
당신

나에게 행복이 있다면
모두가 내 사랑
당신

내 삶에
정처 없는 길
당신과 함께 떠나려 하네

내 삶에
새로운 기쁨
우리 함께 축복하자

내 삶에 보석은 당신

마음은 하늘의 새가 되어

내 마음 슬프다 하여
그대 역시 그러시면
아니 됩니다

잠결에 맞이한 햇살
그대의 맑은 목소리
내 마음 하늘을 날아
내 사랑 품으로 가요

그 마음 슬프다 하여
나 역시 슬프다 하면
그러면

우리는 사랑의 동반자
마음은 훨훨 새가 되어
내 마음 하늘을 날아
내 사랑 품으로 가요

당신의 매운 한 마디

때로는
당신의 한 마디가 매운 날 있답니다.
티끌만한 상처 오해가 되어 공기 속 맴돌 때
당신의 매운 한 마디는 나의 슬픔입니다

때로는
티끌보다 하찮은 흘려듣는 한 마디라 하여도
나에겐 가슴에 사무치는 아린 기억으로 쌓이니
당신의 매운 한 마디는 나의 스승입니다

삼 년이 삼십 년 되어
당신의 한 마디 내 삶에 약이 될 때
당신의 매운 한 마디는 나의 보배요
삶의 여정에 흔적이랍니다

나의 이마에, 나의 얼굴에
골 깊은 주름 속에 고이고이 묻어 둔
당신의 매운 한 마디는 나의 사랑이요
내 가슴의 주인이랍니다

짭짤한 사랑

우리 함께 김치를 담가 보자
넌 배추 난 소금
넌 무 난 소금

그대가 속이 꽉 찬 배추라 하면
난 그대 마음 절여 주는
소금이 되는 거야

그대가 아삭아삭 무라 하면
난 그대를 사랑으로 감싸 안는
소금이 되는 거야

처음 담가 보는 배추김치를 생각하며
어리숙한 깍두기 맛을 생각하며

그대는 사랑 가득한 김치거리
난 그대 사랑 감싸 안는 소금
짭짤한 사랑도 좋은 거야

풋풋한 삶의 향

악어가죽이 아니면 어때
장군의 투구가 아니면 또 어때
석양빛에 번뜩이는 피라미 비늘처럼
영롱한 세상을 보여 주는 그대가 있는 걸

샤넬향 순번 찾듯
그런 향이 아니면 또 어때
생선가게 아주머니 앞치마 냄새면 또 어때
웃음 잃지 않은 그대 삶이 아름다우면 되는 거지

지금 거기 있는 그대 모습이 아름다워
풋풋한 삶의 향
그것이 좋은 게야

네 잎 클로버

네 잎 클로버
모두들 세 잎인데 너만은 네 잎
어렵사리 찾은 너의 모습 보고 모두들
행운을 얻었다 하질 않던 네 잎 클로버

네 잎 클로버
모두들 세 잎인데 너만은 네 잎
행운이란 이름을 또 하나 얻었으니
선택받은 잎이야 네 잎 클로버

네 잎 클로버
세 잎 속에 네 잎이니 잘못된 탄생일까
그래도 짝 이룬 네 모습이 아름다워
그래서 너의 이름은 행운인 거야 네 잎 클로버

너의 모습 네 잎 달아 이상타 할까
행운이란 이름 아름다움 뿐
너의 이름 네 잎 클로버는 행운
신령한 사랑 그 이름 네 잎 클로버
그런 사랑

곰국 같은 사랑

사랑이 있습니다
따끈한 뚝배기에 담긴 사랑

가마솥 열기에 우러나온 곰국 같은
담백한 사랑이 있습니다

내 사랑 담백한 맛
오랜 시간 우려진 곰국 같은 사랑
맛내기 위해 내 사랑 소금이 되어 주렴

곰국 같은 사랑
우리 사랑 진국이라 합니다

토라지지 마

당신의 양 볼이 빨개
화가 난 거야?

당신의 입술이 툭 나왔어
토라진 거야?

내 인생에 등불은 당신
날 미워하지 마

내 인생에 희망은 당신
날 잡아 줘

화내지 마
토라지지 마

당신을 사랑하는 마음
뜨겁게 타고 있는 걸

외로운 돌섬의 주인

지금 난
혀끝도 손끝에도
그리운 마음에 눈물이 피-잉

지난밤 꿈 속
인적 없는 무인도
외로운 섬 돌섬의 주인이 되었었지

널 기다리는 마음
꿈 속을 헤매다 잠이 들어
부여잡은 가슴은 피멍이 됐던 거야
밤새 잠 못 이룬 흔적인 게야

갈매기만 오고 가는 길
어이할꼬 어이할꼬 길 잃은 마음이여

밀려오는 파도 속엔
슬픔만이 가득
그리움에 지쳐
외로움에 지쳐

타는 가슴
한덩이 숯이었네
검은 바위 되었다네

늦둥이 사랑

이제 처음처럼 시작하는 거야
맨주먹 빈털터리로 세상에 태어난 그날처럼
아무것도 들고 있지 않던 그날처럼
하얀 무명에 아름다운 마음 고운 꿈들만
그려 보는 거야

외로웠던 세월
배고파 했던 시절
뒤늦은 후회에 긴긴밤을 훌쩍이던 날들
모두가 부질없는 세월

이것이 시작인 거야
약은 듯 어리석게 헛걸음질하고야 만 지난 세월
되짚어 살 순 없어 남몰래 가슴에 묻어 둔 채
이제 처음처럼 시작하는 거야

이제 알았네
내 정성 사랑되어 돌아오는 것을
이젠 처음처럼 시작해도 된다는 것을

멋진 삶 꾸려 가며 사랑도 함께
인생에 늦둥이로 태어나 그대 품에
이것이 사랑
소중한 삶

세월이 부르는 사랑노래

남이 보면 흉하다 할지
입지 않곤 살 수 없다 하지

따가운 햇살이나 피하면 되지
흉한 몰골 감추면 되는 게지
옷이란 그런 거라고

작년에 그 옷 철 바뀌어 꺼내 들고
바라보니 추억들이 주렁주렁
강산이 변할 만큼 함께한 세월
서려 있는 추억들은
오랜 세월 헤진 모습 그런 게지

기워 보자 단추도 다시 달고
추억이 서려 있는 십년동무 헤진 옷
유행이 지났으면 또 어떨라구

있는 대로 다듬어 또 입는 게지
정에 겨워 좋은 거야
사랑도 그런 거야
헤진 옷처럼 그런 거야

봉 선 화

만지면 금세 녹을 게야
빠알간 입술 하아얀 가슴

입술만 다가가도 금세 녹아
달콤한 사랑으로 다가오는 너

내 어릴 적 장독대 언저리
소꿉동무 단잠 자고 피어나는 꽃

내 님의 마음 같구나
내 사랑 안겨다 준 행복 같구나

세월은 흘러
손톱 위에 다시 피는 꽃

사랑이야
봉선화야

짝 사 랑

나에게 죄가 있다면
님의 마음 몰래 훔쳐 본 죄라 합니다

나에게 죄가 있다면
님 허락 없이 그 마음 내 가슴에 담은 죄라 합니다

님이시여
님의 마음 훔쳐 온 이 죄인
용서치 마시고 큰 죄 되물어 주세요

평생을 두고
지은 죄 님 곁에 꽃이 되어 드리렵니다

밤엔 달맞이꽃이 되어
낮엔 해바라기 되어

어깨 위에 핀 눈꽃

허락도 없이
내 가슴 빗장 열어 들고나는 녀석
펑펑 하늘서 날아든 함박눈

눈물이 피어난 꽃이 아닐까
가슴에 담아 들이쉰 숨결이
품안에 안겨 내쉬는 숨결이
한아름 가슴 가슴에 안기어

턱밑에 내려앉은 함박눈꽃이 되어
온 세상 티없는 사랑으로 얼싸안고
수줍어 기대어 오는 숨결이 아닌가

하늘엔 함박눈 어깨 위엔 꽃이 피고
내 마음 하늘을 나는 꽃잎이어라

봄

그녀는
소리 없이 옵니다

그녀는
눈[目]으로 옵니다

그녀는
촉촉한 입술로 다가옵니다

그녀는
멀리 있어도
코끝으로 느낄 수 있답니다

그녀는
따스한 가슴으로 포옹해 옵니다

봄은 그렇게 다가왔습니다

나 팔 꽃

하루 종일 함께한

작열하는 태양의 눈빛에도

수줍어 어찌할지 모르는 그녀

울타리 담장에 기대어 고개만 빼꼼

숨바꼭질하자 하며 윙크하는 그녀

미소 띤 얼굴 소녀 같은 그녀

가냘픈 몸 베베 그 모습 아름다워

어찌할 줄 몰라 하네 고목만 끌어안고

아침 햇살이 슬쩍 입맞춤하고 가네

마음 저편에

나의 마음 하나

너의 사랑 둘이 되고

나의 잘못 셋일 적엔

너의 용서는 넷이었지

나의 고집 다섯일 때

너의 양보 여섯이 되어 줄까

허공을 향해 열어젖힌 가슴

마음 저편에 서성이는 뭉게구름 있네

던져진 운명 앞에 행운의 수

작은 주사위에 그려진 점들이었네

천사의 입맞춤

노을도
저녁 준비에 분주한 시간
내 사랑 노오란 옷 갈아입고
날 보고 미소짓는 하늘의 천사였네

천사의 미소
하늘을 날던 날 밤
설레이는 가슴
단숨에 달려갔네 내 님 품으로

행길가 자동차
밤 깊어 숨 몰아쉬는 밤
행인들도 눈앞에서 순간 사라지는 요술 같은 밤
나는 천국의 문 앞에 천사와 단둘이었네

천사의 입맞춤
하늘엔 별꽃들이 축제를 여는 밤
내 가슴에 주인이 머물다 간 밤이었네

어제는
천사와 포옹을 한 날
한쪽 가슴이 그리움에 아파 오네

내 님의 기침 소리 들려올까

노오란 하늘에 별빛들이 축제라도 열어 줄까

그녀의 재채기 소리 들려올까
나에 가슴은 그리움에 찢어져 하늘을 덮는다네

눕기도 힘이 들어
천장이 내려앉네 숨쉬기조차 쉽지가 않아

내 사랑 천사 되어 다녀간 날
가슴만 부여잡고 이별의 고통으로 울부짖은 날

망가진 내 가슴 찢어지는 고통
나는 미처 몰랐다네

심장이 열 번 뛰면
숨 한 번 들이키면 되는 거야

걸음도 사뿐사뿐
이야기는 소곤소곤 그렇게 하면 되는 거야

주인이 알면 꾸중할까
가슴뼈는 주인이 따로 있다 들었는데

어제 다녀간 천사는 주인이 아니었나

상처만 주고 떠난 여인

밉지만은 않은 여인
천사의 입맞춤이었나 봐

묻고 싶은 이야기

바람도 고개 조아리는
저녁 노을 아래

잔잔히 전해 오는 이 마음은
어디서 온 것일까

너의 마음
무엇 타고 달려와

나의 행복
무엇으로 담아

구름에
가득 실어 하늘을 날아 볼까

바람에
윙크하여 산과 들을 날아 볼까

묻고 싶은 이야기
여기에

내 생애 마지막 사랑

눈 감고 들어 보세요
당신을 위해 불러 주는 노랫소리
가슴에 손을 올려 보세요
그곳에 내 마음이 뛰고 있지 않나요

사랑으로 가득한 그곳
내 그대를 향한 마음이 가득

한 모금 물이 되어
당신의 온몸을 유람하렵니다
한 모금 술이 되어
당신의 온몸을 달려 보렵니다

내 마음 그것은 사랑
내 생에 마지막 사랑이랍니다

이 밤도 귀를 살며시 가져갑니다
당신께서 불러 주는 사랑노래 들어 가며
사르르 잠을 청합니다

풀 내 음

풀내음

산들산들

바람 속에 전해 오는 체취여

행인의 향네일까

내 님의 체취일까

저만치

숲에서 전해 오는 향기

방금 가신 행인이 떨구었나 두고 갔나

여인의 향기였네

숲속의 체취라네

내 님의 사랑이었네

그리워

붉게 피어오르는
저 멀리 아득한 곳
향기에 취한 찻잔 앞에 두고

떠오르는 아침
너울너울 하늘을 날아
마음 하나 저 기러기
또 마음 하나 또 기러기

높이 날아 높이
내 님 가슴에 전해 주려나
잔잔히 들려오는 음악 소리
부서지는 파도 소리

마음은 어느덧 내 님
어깨에 기대어

그리워
그리워

내 당신을 사랑함에 있어

내 당신을 사랑함에 있어
타인들께 보여 드리고저 함도 아니요
당신께 보여 드리고저 함은 더더욱 아니랍니다

오직
나 스스로에게
진실된 사랑 한 번 해보는 것
그것이 나의 행복이요
내 삶에 마지막 순수라 생각되기에

그저
나 스스로에게
거짓 없는 마음 그렇게 살아가며
그 흔적을 마음으로 전했을 뿐이랍니다
글로써 영원히 남기고저 할 뿐이랍니다

거기에 대상이 당신일 뿐

3. 여명이 열리는 세상

행복 가득한 집

집이라 하지
바람을 피할 수 있는 보금자리
나에게도 두 다리 펴 마음 편히 누울 집이 있어
안방을 건너고 거실을 지나 또다른 방으로 갈 수 있는
넓디넓은 그런 집은 아니라 하지만

이 하늘 아래 나에게 행복을 안겨 주는
소리 없이 거두어 주는 행복이 샘솟는 둥지

사랑 노래가 울려 퍼지는
나의 몸집에 걸맞는 작고 소박한 그런 집
나에게도 하나 있어 행복이어라

하늘을 나는 새들도
논바닥 진흙 속 우렁들도
시냇물 조개들도 그렇게 살더라
제 몸에 꼭 끼는 그런 집 하나로 만족하더라
평생에 하나만 있으면 된다고

문틈으로 솔바람 찾아 주는
한들한들 무드가 있는 그런 집
속 찬 행복이 가득한 집
작은 행복 큰 기쁨으로 우리 함께
웃어 보자 호호호 하하하

청춘이여

꿈을 키워라
원대한 꿈을 키워라
마음 담아라
바다같이 깊고 너른 마음
큰 그릇 얻어 가슴에 담아라

청춘이여
우리 이런 이야기 하자꾸나
도란도란 이야기 함께 하자꾸나

넘실대는 파도 힘 빌려 고뇌 떨치고
솔숲 사이 불어오는 바람에 시름을 전해 주고
시냇물 같은 인고의 삶일랑 벗어 내고
소리 없이 흐르는 바다 같은 삶을 키워 가자
청춘이여

달빛에 드리워진 그림자

달도 차면 기운다 했지
하루를 달구어 준 정열에 태양도
결국엔 서쪽으로 기운다고

우리도 세월 가면
할미 되고 할아범 되는 것을
왜 몰라

달빛 아래 드리워진
그림자 넌 누구

정열의 삶
한 줌의 흙이 되고 바람 되어라

석양이 눈앞에 드리울 제

해 저물어
석양 눈앞에 드리울 제
붉은 저 하늘 아침이라 부르고 싶소

해 저물어
하루의 그림자 오간 데 없을 제
동무되어 걸어온 뒤안길에 허공을 되짚어 보오

이별의 아쉬움
붉어진 태양이련

아쉬움에 산등선을 넘나니
슬픔에 흐르는 눈물 세상을 덮었다네
우리들 삶이 이렇다 콧노래 들려주네

내 삶을 다했으니
이젠 끈 놓아 드리리다
님 먼저 끈 놓아 발길 재촉하소서

붉은 빛 영혼 되어
님의 어둠 거두어 드리리다
이 산 넘어 새 아침 맞을 그날까지

내 이웃의 12지신

누가 누구를 탓하리오
누가 누구를 미워하리오
그대 그리고 나 모두가 그 안에 있는 것을

열두 가지 보살핌이 날 사랑하니
내 삶이 고된 날 또 딛고 설 수 있다 하네
그렇게 또 일어선다 하네

하늘에도 땅에도
산수갑산 구석구석
날 보호하사 신바람 절로라네

해는 서쪽으로 저물고
달도 점차 기운다 하였거늘
12지신 날 지탱케 하시네
바른 삶에 복을 주시네

농군의 삶

하루해 다한 육신
내일을 기약할 수 있는 잠자리
여기 있기에 행복타

땀 흘려 밭이랑 일구어 온 농군
오가는 길 반겨 주는 곳 있으니
주막거리 탁배기 한 잔도
벌컥벌컥 시원타

구릿빛 얼굴
멋이 있어 얼씨구나
삶에 여흥 어기영차 어기야
콧바람도 신바람에 얼씨구나

하늘 아래
그 누가 이런 행복 질투 않으리

선물

가버린 세월 서러워 말어
잃어버린 금은보화 아까워 말어

잃은 만큼
얻은 것 하나 있지
뒷집보다 많이 보고 많이 울었으니

세상
더 넓게
더 깊이 가볼 수 있었음이야
내 타인보다 얻은 것 하나 있어

일백 원 잃어쁘고
일천만 원 가치만큼

바라보지 않았던가
느껴 보지 않았던가

과거가 건네준 꽃씨여
아름다운 선물
오늘이어라

이보시게 친구

이보시게 친구
이것이 나의 모습이라 하네
이렇게 살아가는 모습이 바로 나일세

이보시게 친구
내 무얼 감추려 하겠는가
내 무에 잘났다 하겠는가
내 삶도 베랑 다를 게 없다 하네
감출 거 숨길 것이 무에 있을까

이보시게 친구
훌훌 털어 티끌마저 죄다 보여 주니
내 마음 시원타 하네
이제사 자네가 나의 벗으로 보이는구려

감출 거
숨길 것이 무에 있을까
이런 것이 열린 마음 자네와 나 아니던가
사랑 말일세

또 하루가

하루가 간 거야
또 하루가 내 곁을 떠난 거야
언제나 떠날 때는 깜깜한 세상

세상 시름 모두 안고
단꿈 꾸는 날 홀로
소리 없이 떠나는 너

하루가 간 거야
또 하루가 내 곁을 떠난 거야
떠나 버린 너
널 두고 또 이렇게 후회를 한다

아쉬움만 남겨 두고 떠나 버린 너
널 용서해
모두가 내 잘못이니까

높은 산 올라 내려 뵈는 세상

올랐구나
뒷동산 오솔길도 싫다 하던 너
오르고야 말았구나
험한 길 구비구비 산등선 돌고 돌아

거기 정상에 오른 너
멋지구나
장하구나

계곡물 소리도 ·들리지 않타 하던 너
축축이 젖은 바위옷에 오묘한 생명줄
자연의 순리도 이해하려 들지 않던 너
나뭇가지 뒤엉켜 피어난 칡넝쿨 보라꽃마저도
눈길 한 번 주지 않고 발길만 재촉하던 너

오르고야 말았구나
험한 길 구비구비 산등선 돌고 돌아
거기 정상에 오른 너
어떠하더냐
오르니 더 오를 곳 있다더냐
내려 뵈는 세상 소리 들을 수 있다더냐

자연의 순리 잊지 말아라

나의 삶 저편에

옛날 옛날 아주 옛날
돌도끼 돌칼 사용하던 그날
어찌하다 쇳조각 하나 얻어 행복해하던 삶
인류의 문화 생활 시작을 알리는 선물
신께서 선사하신 선물인 줄 알았다네

뻘건 꽃버섯 피어난 골목 어귀 쇠붙이
헤진 발바닥 거지 행색 네 이름 폐차
하늘 아래 버림받은 가련한 삶의 흔적
신께서 주신 선물 잊어버린 거야

슬퍼 말어
변치 않은 삶 하나 있어
폭풍도 이겨 낸 변치 않는 검은 바위
처음 그대로 있어 좋은 거야
신의 선물 잊지 않고

천년 세월 만년 세월
신의 선물 쇠붙이 진실 믿고 살아가
천년 세월 만년 세월
차돌멩이 검은 바위처럼

대 청 호

조용한 호수

소금쟁이도 잠이 든
인적 없는 산중 호수

물안개 드리워진
내 마음의 호수여

짙은 물안개
내 삶은 어디에
내 님은 또 어디에

조용히 아침을 부르는 호수
물안개 저편 네 마음 쉬어 보련

지혜를 부르자

지혜를 부르자
내 혹여 검 끝에 놓인 파리 목숨
내일을 가늠하기 힘든 삶이라 해도

지혜를 부르자
순간을 모면하는 어리석음보다
번뜩이는 검의 오묘한 빛을 바라보자
찰나에 볼 수 있는 영험한 빛을

망나니 손에 들린 그런 검 아니라면
무에 두려움 있을까

당당한 삶
이런 것이 멋진 삶 아닐런지

옷깃에 인연

여보시게!

우린 서로 지나가는 객
서로 가야 할 길 다르지만
이것도 인연 호형 호형 해보세

잠시 스쳐 지나가는
옷깃에 인연이라 하지만
이것도 인연 호형 호형 해보세

들마루 걸터앉아
풋고추에 고추장 탁배기 한 잔
이 맛이 인생이라 하지 않던가

여보시게!

내 걸어온 길
이젠 자네가 가야 할 길
자네가 걸어온 길
거기는 또 내가 가야 할 길

어서 또 가보세
잠시 잠깐 호형 호형 즐거웠네
정처 없는 발길 노을이 뜰앞까지 들었으니
재촉하세나

내 인생에 스승을 찾습니다

내 인생에 스승을 찾습니다
맑은 웃음 잃지 않는
그런 가르침 주시는 스승님을 찾습니다

내 인생에 스승을 찾습니다
고된 나날 콧노래로 함께하는
그런 깨우침 주시는 스승님을 찾습니다

내 인생에 스승을 찾습니다
오늘을 살고 또 내일을 얻는 지혜
처음 마음 잃지 않은 사랑의 길
그런 가르침 주시는 스승님을 찾습니다

내 인생에 스승
당신을 초대합니다

글로 담은 세상

햇살이 따가운 날
고운 양산 받쳐 들고 종종걸음 옮기시는
저기 저 누이는 누구

햇살이 따가운 날
행길가 미루나무 가로수 밑 이마에 땀 식히시는
저기 저 노인은 누구

햇살이 따가운 날
밀집모자 질끈 눌러쓰고 들판에 호미질하시는
저기 저 아줌니는 누구
저기 저 아저씨는 누구

글이 있어 좋은 게야
큰 그릇 되어 주니 담지 못할 게 하나 없어
마음속에 보이는 세상 글 속에 담아

고운 마음
멋진 모습
아름다운 삶을 글 속에 가득 담아 한 곳에 모아 두고

마음이 허전할 때
외로움이 밀려올 때 가끔씩 열어 보는
글이 있어 좋은 게야 이것이 나를 가꾸는 길인 게야

이렇게 또 그렇게

누군가 물어 옵니다
나에겐 아주 쉬운 일을 물어 옵니다
이 길이 어디 가는 길이냐고 물어 옵니다
나에겐 늘 이 시간에 가야할 길이기에
난 너무나도 쉽게 대답할 수 있었습니다
출근하는 길이라고

또 한참을 걸었습니다
또 한 사람이 물어 옵니다
이 길로 가면 거기가 나오냐고 물어 옵니다
난 또 아주 쉽게 대답을 해주었습니다
바로 가면 나오는 길
돌아가면 쉽지 않을 거라 답해 주었습니다

이렇게 또 그렇게 답해 주었습니다

나에게 물어 봐준 사람들
어디 가는 중이었을까

돌아가야 할 그 사람은
아직도 곧장 걷고 있지는 않을까

이렇게 또 그렇게

삶

내리는 폭우
무엇이 슬퍼 붉은 눈물 흘리시나
푸르른 앞산 얼굴에 상처를 입혔나 봐
피눈물은 산길을 따라 흐른다

금세라도 부러질 듯
비바람에 허리를 가누지 못하는 가로수
행길가 우산 속의 여인을 바라보며
한마디 귓속말을 건네준다

제 허리 부러워하지 말라 하며
바람에 흔들흔들

내리는 폭우
가로수 가지에도
하천을 흐르는 빗물 속에도
행복은 슬픔을 업고 함께 흐른단다

내리는 폭우가 함께 하는 날
우리 마음 만들기 나름이라 전하며

우산 속 스며드는 빗물
상큼한 바람 전해 주는 날
기쁨도 함께 행복인 줄 알라 한다

반달

하늘에 달님이 찾아 주었네요
오늘은 반쪽의 모습이랍니다

가득 찬 모습과는 또다른 모습으로
이 밤도 환하게 미소를 건네줍니다

달님이 물어 옵니다
인생의 맛을 알고 있는지
보이지 않는 반쪽을 두고
물어 봅니다

지난날 둥근 모습 어둠에 묻혀 살다
깜깜한 밤하늘 외로움에 헤매다
이제야 미소를 찾았다 합니다

아직은 반쪽이지만
고운 마음 가득 모아
둥그런 달덩이 웃음
금세 찾을 거라 합니다

꽉 차게 채워 가는 의욕은
삶의 근원이라 합니다

덧없는 세월

덧없이 흘러간 시절
불러 봐도 다시 못 올 시절이여

돌아와 생각하니
흘러간 시절이 아쉬운 거야

소리 없이 젖어든 세월이여
떠가는 구름같이 흘러간 세월이여

남은 세월 챙겨 보세
끓는 가슴 불살라 살아 보세
부질없는 후회일랑 이제 그만

창공을 가르는 뜨거운 가슴 태워 보세

화 가

초상화를 그리는 사람
덥수룩한 머리털 주름진 손등
화가의 한 손엔 빛바랜 사진 한 장 들려 있다

흘러간 세월을 말해 주듯
골 깊은 주름으로 가득한 늙은이의 사진
돋보기를 가까이 들이대며 뚫어져라 바라보는 사람

화가는
가로선을 긋는다
세로선을 또 그어 댄다

이마선을 잡아 점 하나 찍고
영혼을 잃어버린 이목구비(耳目口鼻)
거죽만이 달라붙은 양 볼을 따라
화가의 손에 들려진 세필은 끊어질 듯 선을 그어 댄다

초상화를 그리는 사람
점점이 영혼을 캔버스에 채워 가는 사람
어느 하늘 아래서 영혼을 잃어버린 삶의 흔적인지
인기척도 없는 늙은이 주민등록 사진 한 장

영혼에 점을 찍어 간다
주름 속에 숨겨진 삶의 흔적을 찾아
화가는 점점이 캔버스를 채워 간다

눈이 뜨이고 귀가 열린다
입가엔 피어나는 미소가 있다
작은 사진 주름 속에 묻혀 있던 영혼이 깨어난다
초상화를 그리는 화가의 손끝에서 영혼 또다시 태어난다
뽀오얀 캔버스의 늙은이
빙그레 웃음을 보여 준다
영혼이 담긴 초상화 속에서

요요인생

아침
나서는 발길 싱그런 마음

저녁
들 때에 마음 상큼한 웃음

너도 나도
그렇게만 살자꾸나
몸 성히 그렇게만 살자꾸나

들고 나는 삶
날 때 모습 들 때도 그렇게
몸도 마음도 그렇게 하자꾸나
세간에 못된 것이 힘들게 한다 해도

별빛 같은 마음
달님 같은 웃음
두 눈 속엔 사랑에 정열을 가득

날 때 모습
들 때도 그렇게 그렇게 그렇게

새들도 지저귀는 봄

푸르른 하늘
초록 물감 세상에 내려앉아

산이 푸르고 들도 푸르러
사나이 가슴도 푸르렀네

싹이 돋아 바람 일고
새가 울어 꽃이 되고

꿀벌들 이 산 저 산 봄놀이 나서는 날
꽃 피고 잎이 피는 세상을 얻었다네

사나이 가슴 웃음을 찾았다네

가장(家長)

지지돌에 엉덩이 내려 두고
담배만 피워 대는 나에게
늙은이의 외마디

그것도 인생이라
헐떡이며 힘들어 하나
늙은이의 외마디

코 앞 엔
앞치마 두른 여인 두 눈이 깜빡깜빡
등 뒤엔 엄니의 거친 숨결 소리
양 팔엔 황소만한 새끼들이 대롱대롱

이보게 젊은이
뭐가 그렇게 힘이 들어
늙은이의 외마디

길 잃은 나그네(homeless)

봄바람도 흘깃
일어나라 성화를 하것만
죽은 듯 자는 사람
고뇌를 깔고 꽃잎을 덮은 이여

봄 처녀
발걸음이 또각또각
총각님
아저씨가 뚜벅뚜벅

죽은 듯 자는 사람
길 잃은 나그네여
영혼조차 돌아설까
잃어버린 청춘이여

밤하늘 별들도 돌아선 인생
동무란 집 나온 고양이뿐
꿈이라도 고향을 날게나
죽은 듯 자는 사람
길 잃은 나그네여

목련꽃
슬픔에 입맞춤을 전하는
길 잃은 나그네 봄볕에 단잠이라
하늘을 덮고 흙을 베개삼아 누웠다네

잡 초

굳어 갈라 터진 대지
오늘도 파룻파룻 새싹은 돋네
영영 볼 수 없으리라 여겼던 모습

뽀오얀 흙먼지 덮어쓰고
인기척도 무색게 하던 길
어디서 나왔을까
고래 심줄 같은 생명 잡초여

타박타박 주인 모를 발소리
산들산들 솔바람 춤추는 거리
잡초들은 인사를 한다
갸웃갸웃 고갯짓까지

때 로 는

때로는
모르는 척
가끔은 어리숙하게
대강 대강 그런 날도 살아 보자

때로는
작은 일에도 관심을 주고
가끔은 큰 것도 과감히 던져 버리는
대강 대강 그런 날도 만들어 보자

훌훌 벗어
벌거숭이 알몸으로 햇살을 맞이하자
큰 그릇 되어 한올 한올 풀어헤친 가슴에
상큼한 바람을 맞자

외기러기

기러기
너울너울 하늘 치솟는 나랫짓
나의 작은 마음 부끄러워 고개 조아립니다

외기러기
작은 몸뚱이 유유히 허공을 가르는 나랫짓
나의 작은 마음, 옷깃을 여며 조아립니다

모두가 가야 할 인생길
그곳에 앞서 가는 외기러기 인생
더 높이 더 멀리 날아 먼 세상 보거든
소식 전해 들려 주려나

머지않아 나도 가봐야 할 길

오월에 핀 코스모스

마음이 앞섰구나
민둥살 드러내고 히죽이 웃는
너, 홀로 뽐내는 모습이 그렇구나

민들레 홀씨
바람 타고 노는 것이
그렇게도 샘이 난다 하였더냐

하늘하늘
어울려 피었음 좋았을 것을
한 달만 기다리면 함께 어울렸을 터인데

도란도란 이야기꽃
동구 밖 손잡고 함께 가자 할 터인데
어쩐지 애처로워 보이누나
홀로 서 놀고 있는 너의 모습이

오월에 핀 코스모스여

만남

봄 오면
여름 오고
여름 가면 낙엽 지는 가을
가을인가 했더니
옷깃을 여미는 겨울이

가네 가네
잠시 쉬었다 가네
내 얼굴 내 손끝 내 가슴에
기쁨도 슬픔도 피었던 꽃들도
푸르던 숲마저도

해가 지면 어둠 드리우고
하늘에 구름도 달빛 뒤에 숨어버린 날
우리는 만남과 이별 속을 걸어 가는 것은 아닌지
기쁨과 슬픔 속을 헤엄쳐 가는 것은 아닌지
그렇게 살아가고 있는 것은 아닌지

어머니 자궁과 이별을 하던 그날
세상에 찬 공기 느껴야 했던 그날
처음 이별을 알게 되었기에
그리도 목청 높여 울었던 것은 아닌지
님 떠난 텅 빈 가슴 이런 것은 아니었는지

만남이 들고 온 사연

슬픔은 아니었는지
이별이 전해 준 선물
기쁨은 아니었는지

소크라테스의 고뇌

손 너는 나의 몸에 일부
발 너도 나의 몸에 일부
입술 너 역시 나의 몸에 일부
항문 너 또한 나의 몸에 일부

모두가 나의 몸에 일부일 뿐
나는 나는 나는 어디 있단 말인가
나는 나는 나는 무엇이란 말인가

철학자의 울부짖는 소리
소크라테스의 고뇌하는 소리가 들려옵니다
파스칼이 흔들어 대는 갈대숲이 밀려옵니다

공주처럼 살아온 손
먹거리 앞에서는 미소를 잊지 않는 입술
하지만 푹푹 찌는 골방 속엔 발이 있습니다
삐거덕 천릿 길도 마다치 않으며 걸었지만
물 한 모금 건네는 이 없었습니다.

손 발 입술 항문 모두가 한자리 모였습니다
하루를 뒤돌아보는 소리 없는 삶이 있습니다
엉덩이 걸터 대고 하루를 돌아보는 시간입니다
쓴 내 단내 홀로 끓어안고 마지막 절규하는
항문이 거기 있었습니다

아침 햇살

어제는
부모님 등골을 얻어
먹거리를 찾았습니다
오늘은
천릿 길 다리품 팔아
허기를 면하였습니다

내일은
간을 떼어
한 끼를 얻을까 합니다
모레는
쓸개도 떼어야
또 한 끼를 얻을 듯합니다

한 끼 곡기에
오장육부 모두 버려
성질도 자존심도 거두라
멀뚱멀뚱 바라보는 숫한 입은 노래합니다

시원한 옹달샘 한 모금에 허기를 잊고
그래도 뜨거운 심장만은 가슴속에 두고 싶답니다

또 하루 열면
햇살은 얼굴을 간지르며
너털웃음 웃으라 할 테니까요

파도 소리

시원한 파도 소리에
귀를 열어 봅니다

싱그런 음악 소리에
마음을 열어 봅니다

힘찬 열정으로 밀려오는 파도
그것이 나의 마음이었으면 합니다

거친 파도
갯바위 부여잡고
산산이 물보라 되어 잠시 살아온 흔적
검푸른 물 속 깊이 소리 없이 사라진다 하여도

한 번은
하늘에 별이 떨어지게 소리쳐 보고픈 마음입니다
한 번은
천길 땅이 갈라지라 울부짖어 보고픈 마음입니다

그곳에는 내 삶이 있습니다

우리집 우체통

누가 말 했나
개 같이 벌어
정승처럼 살면 된다고
하루를 살고 서쪽 하늘에 해 기울쯤
그제야 나는 나로서 돌아올 수 있었다
집 앞 우체통 앞에서 투구를 벗고서야
정승처럼 껄걸 웃을 수 있었다

길가
들풀처럼 하루를 살고
집 앞 우체통 앞에서 먼지를 털어댄다
조아렸던 어깨도 활짝 열어 본다
더럽혀진 귓속도 털어내고
임금처럼 성큼
나는 집을 향해 계단을 오른다

종일토록
달라붙은 흙먼지 털어 내고
목덜미 잡고 있던 휴대폰도 잠재운 시간
샤워 타월은 나의 몸 비누거품으로 감싸 안고
신음하는 육신 고뇌도 닦아 낸다

이 시간
나는 나로서 돌아올 수 있는 유일한 시간
한 잔의 녹차로 가슴까지 씻고 난 후

그제사 나는 용포를 걸친 임금
나는 나로서 돌아왔다
한 통의 사연
삶을 전하는 우체통

여명이 열리는 세상

검푸른 어둠이 걷히고
세상이 밝아오는 소리
행길가 저편으로부터 들려온다

새벽이 깨어나는 소리
고요 속에 밀려오는 만물의 소리
굉음들 속에는 또 하나 울부짖는
고뇌의 소리도 묻혀 있을 게다

변치 않는 고집으로 열리는 새벽
타인들 마음도 그런 날 있으리라
멈추지 않는 분주한 발걸음은
그렇게 말을 전한다

기지개 켜는 새벽
동트는 햇살은 성화를 한다

숨겨 둔 마음
어둠 속에 묻혔던 사연
그도 함께 깨어나라 성화를 한다

밝은 세상 속으로 뛰쳐나와
환희로 맞이하자 한다
여명이 열리는 세상

회덕 분기점

오늘도
한반도의 심장은 뜨겁다
북극의 빙하도 녹일 기세
백의민족 뜨거운 피는 쉼없이 흐른다

유달산을 향해
백두산을 향해

계족산 자락을 타고 철마가 달려온다
계룡산 정기 받은 고속철도 휘파람을 불며 간다
꿈을 싣고 달려온다 희망을 업고 뛰어간다

남으로 남으로
북으로 북으로

한라에서 백두까지 자동차가 달려간다
한민족 대동맥이 여기 있다 끓는 피 심장이 뛴다
회덕 분기점엔 정열의 삶이 끝없는 질주를 한다

꿈을 싣고 달려온다
희망을 업고 날아간다

저 멀리
백두산을 가로질러
만주 벌판 고구려의 옛 기상을 찾아

4. 거울 속 너에게

이젤 옆 물통

세상 만사
시름시름 하늘에 띄워

빨강 놈 파랑 놈
노랑에 초록까지
한곳에 모아 보니

어느덧 그도
이젤 옆 물통인 양
깜장물 투성이요

하늘
그것은 마음을 담아 둔 그릇

땅
이것은 살아 숨쉬는 싱그런 사랑이라 하지요

두 줄기 눈물

슬픔도
고뇌도
잊혀진 기억들도
하늘 그곳에 있답니다

거기
불러도 오지 못할 아부지
할무니도 함께

가신 님
발자욱 따라 걷고 있다 합니다
두 줄기 눈물을 흩뿌리며

가슴에 흐릅니다

여름

땀방울 이마에 송알
사랑은 가슴에 콩닥

한여름 더위
이마에 땀방울 되어 흐른다
입술이 되어 다가든다

그대 양 볼 타고 가슴골 깊이까지
그대 등줄기 타고 엉덩이 골까지

내 입술
사랑으로 승화한 땀 되어
그대 온몸 감싸 안으리

차가운 눈길

차가운 눈길
세상 사람 모두 동장군 졸개 되어도
사랑하는 그댄 내 가슴 녹여 줘요

당신의 사랑
당신의 손길 내 가슴 깊이
어루만져 주세요

그것이 나의 행복
행복이랍니다

차가운 눈길
세상 사람 모두 날 욕한다 해도
그대 사랑만은 변치 말아 줘요
그대 손길 내 가슴에 머물러 줘요

당신의 사랑
당신의 손길 내 가슴 깊이
어루만져 주세요

이것이 나의 사랑
나의 행복이랍니다

입맞춤

나 얻었네
나 어렵게 그댈 얻었네

내 마음 그대에게 빠졌네
내 마음 그대에게 푸욱 빠졌네

그대의 맑은 눈 속에 빠졌네
그대 가슴속 깊이 묻혔네

부드러이 다가와
이 품으로 다가와

나의 입술로 길들어진 그대
꿀 같은 달콤함 잊지 못해 지새운 밤
부드러운 입술로 다가와 입맞춤하련

널 사랑해

우리 사랑 하늘 끝까지

난 바람 되고
넌 구름이 되어
우리 사랑 하늘 끝까지

하늘 끝 다다른 우리 사랑
뜨거운 입맞춤으로 자축하고
세상 모두에게 축복받아 가며

아무도 잡지 못할 곳
높이 더 높이 하늘에 다다라

뜨거운 입맞춤
깊은 사랑 하자꾸나

이런 사람 있어 가슴에

이런 사람 있어

함께 음악을 들어 줄 줄 알고
감미로운 시를 귓가에 들려 줄 줄 아는

언제나 널따란 어깨를 내어 주는 멋진 내 사람
넓은 가슴으로 날 포근히 감싸 안아 주는
때로는 덥석 끌어안아 입술을 마주할 줄 아는 그 사람

내 몸을 달궈 줄 줄 아는 그이
뜨거워진 내 가슴을 식혀 줄 줄 아는 당신
잊었던 사랑에 짜릿한 전율을 함께 찾아 주는 그 사람

내 가슴에

그런 사람 있어요
부드러운 목소리로 새의 지저귐처럼
내 귓가를 간지럽혀 주는 사람

그런 사람 있어요
봄비 내려 촉촉한 산 아래
물안개 서리는 호수를 함께
바라보고픈 사람

그런 사람 있어요
창가에 부딪치는 빗방울 소리 들으며
뜨거운 커피를 함께 마시고픈 사람

그런 사람 있어요
음악을 들을 때면 떠오르는
감미로운 목소리의 그 사람

아름다운 너에게

세상 사람 모두
널 보고 돌이라 해도
나에겐 아름다운 구슬이구나

세상 사람 모두
널 버린다 하여도
나에겐 옥같이 소중한
남은 세월 함께할 사랑이구나

세상 사람 모두 우릴 두고 한마디
뾰족이 모가 나 쓸모 없는 돌이라 한다 해도
남은 세월 사랑으로 함께할 옥이라 부르리

너 그리고 나
우리는

너는 왕비 나는 임금

사랑하는 나의여인
꿈의궁궐 지어줄게

사랑하는 나의여인
내사랑에 빠졌으니

우리서로 사랑궁궐
꿈의궁궐 세워보자

작은사랑 차곡차곡
너는왕비 나는임금
우리사랑 보금자리

어화둥둥 내사랑아

우리 마음

구슬은 꿰어야 보배라 한다지요
우리 마음 사랑 실에 꿰어 봐요

당신은 싱그런 잎사귀를 닮은 녹색 구슬
나는 저 푸른 하늘 상큼한 마음 파란 구슬

우리 마음 사랑 실에 꿰어 봐요
우리 사랑

사과 한 입

오늘은 이렇게
제 마음 전하려 합니다 사랑한다고
전해 드린 한 마디가 양 볼을 따갑게 한다 해도
오늘은 용기 내어 이 마음 전해 드리고 싶답니다
당신을 사랑합니다

당신 그리워하는 마음에 잠 못 드느니
차라리 한 말씀 전하고 따가운 볼 어루만지며
당신이 전해 주실 마음의 열쇠를 기다려 보렵니다

상큼한 사과 한 입 베어 물 듯
싱그러운 사랑이라 전해 드려요
당신을 사랑하는 마음 새콤달콤할 것 같아
사과 한 입 떼어 물 듯 그런 사랑 말이에요

사랑은 잘 익은 사과처럼
새콤하고 달콤할 것 같아
당신을 몰래 숨어 사랑하였다고
따가운 볼 매만지며 전해 드립니다

사랑합니다

정자나무 그늘 아래

정자나무 그늘아래
쉬어가자 동무들아

허겁지겁 달려간들
나도거기 너도거기

정자나무 그늘아래
쉬어가자 동무들아

동무들아 나눠먹자
오얏나무 열매따다

너도하나 나도하나
도란도란 얘기하며
사십년을 돌아보자

정자나무 그늘아래
쉬어가자 동무들아

자식놓아 덩실덩실
우리엄마 난리났어

사십년전 우리안방
작은소망 이뤘다지

상큼한 내 사랑

새콤한 맛 기쁨이 가득
달콤한 맛 행복도 가득

얄궂은 너 깨물어 줄까
짓궂은 너 꿀밤을 줄까

능금처럼 상큼한 내 사랑
언제나 어화둥둥 내 사랑

분주한 일터에도 내사랑
꿈나라 거기서도 내사랑

새콤한 맛 당신의 마음
달콤한 맛 당신의 입술

돌아온 삶 우리의 사랑

바다 같은 마음

기다리는 마음
하늘 같은 마음입니다

설레이는 마음
구름 같은 마음입니다

미소짓는 마음
천사 같은 마음입니다

바다 같은 마음
넓고 깊은 사랑입니다

사랑하는 마음
사철 푸른 사랑입니다

나르는 새가 되련다

날아 보련다
산이 높아 넘을 수 없다 하면
새가 되어 날아 보련다
너울너울 능선을 넘으련다
사랑하는 내 님 곁으로

비바람 몰려와
나래를 펼 수 없는 날엔
돌이 되어 한 자리 꼭 붙어 있지
하늘이 맑아 푸른 창공이 열리는 그날까지

세상이 열리면
또다시 새가 되어 나래를 펴련다
사랑하는 내 님 곁으로

가시덤불 개울 넘고 들을 지나서
너울너울 능선을 넘으련다
사랑하는 내 님을 찾아
나르는 새가 되련다

우린 서로 사랑하는 사람

터덜터덜 행길을 걷다 보면
이름 모를 사람들 내 곁을 스쳐 간다

어렴풋이 코끝을 지나치는 향내를 건네며
저마다 어디론가 발길을 옮기는 행인들
그 속에 오늘은 나도 함께 걸어 본다

터덜터덜 행인 속에 묻혀
내가 사랑하는 당신을 생각하며
정처 없는 발길 그저 길 따라 걸어 본다

생각만 하여도 행복한 사람
달콤한 사랑 얘기 들려 주는 당신
몸은 멀리 있어도 마음은 언제나 함께
우리는 서로 사랑하는 사람

멀리 있어 보고플 땐 눈을 감아요
때로는 잠이 들어 꿈속에서 함께하는 사람
그래도 보고플 땐 전화를 한다네요

우린 서로 사랑하는 사람
함께 있으면 말이 없어도 좋은 사람
사랑을 느끼게 하는 사람
당신 그리고 나

내 마음 너에게

내 마음 너에게
잠잘 때나 하루를 분주히 움직일 때나
잠시도 널 잊은 적이 없는 내 마음

내 마음 너에게
하루 시작을 너에게 전화를 하며
바쁜 걸음 행길을 걷다가도 문득
잠시도 널 잊은 적이 없는 내 마음

내 마음 너에게
너의 한마디는 내 마음의 주인
우두커니 바라보던 행인들 속에 너의 모습 그려 보는
네 마음속에 영원한 바보로 기억되길 바라는 마음

내 마음 너에게 모두 준 거야
사랑은 이렇게 하는 거라고
내가 만든 사랑인 게야

수수한 그대

청바지에 티셔츠
종종걸음 그대 모습

수수한 소녀 모습
어린 시절 학창 시절

해맑은 미소
반짝이는 눈동자의 소녀여

덜렁이 깍쟁이 수수한 소녀 마음
몰래몰래 이젠 모두 훔쳐 보았다네

수수한 그대 모습
내 마음 사로잡기 충분하였네

수수한 그대 마음
장미꽃보다 짙은 향 간직한 그대여

마음은 청춘
수수한 그대 모습 아름다워라

가을 향기

선선한 밤기운 가을을 재촉하는 날
새벽녘 밀쳐 냈던 이불을 끌어 덮습니다

잊었던 그리움을 되새기는 날
가을 향기에 흠뻑 젖은 마음 움켜잡아 봅니다

가끔은
마음마저 잃어버리는 날 있답니다

머릿속은 부풀린 고무풍선처럼
까닭 없는 허전함으로 가득 찬

아무 생각도 들어 있지 않은
기억조차도 칡넝쿨처럼 얽혀 버린 날

이런 날엔 스스로에게 물어 보곤 합니다
삶이 무엇인지

가끔은 마음이 쓸쓸할 때 있답니다
누군가 명쾌한 말 한 마디 일러 줄
그런 사람이 그리운 날

비운의 세월

감출 수 없는 영겁(永劫)의 세월
머리엔 촘촘히 새하얀 마음으로 뒤덮고

숨길 수 없는 골 깊은 삶
눈가에 상념의 강 굽이쳐 흐르게 하네

침침한 두 눈 앞에
아련히 바라뵈는 비운(非運)의 세월
무엇이라 하오리까

모두가 떠나 버린 텅 빈 가슴
님께서 들려 주시는 아름다운 멜로디
아린 가슴 달래 주기 충분하다 하네요

사랑합니다
내게 전해 주신 한 마디

새 출발 나발을 불자

꽃이 열매가 되었다네
사랑하는 마음 열매가 되었다네

흘려 버린 세월 잊어 주고
새 출발 나발을 불자

또다른 삶을 찾아
신천지 미래로 떠나 보자

마음을 남겨 두고
추억만을 새겨 놓고
그리움과 아쉬움을 어루만지며
신천지로 함께 가자

내일이면 또 싱그러운 삶
잘 익은 모과향처럼
달콤한 사과처럼

가벼운 마음 활짝 열고
꿈과 희망을 열어 가자
새 희망 내일을 맞이하자

꿈과 희망을 찾아

사랑

사모합니다
좋아합니다
사랑인가 봐
오랜 세월 몰래몰래
먼 발치서 그리워한 그대

그립습니다
보고픕니다
사랑하나 봐
어제는 그댈 바라볼 수 있었던 날
몰래몰래 먼 발치서 바라볼 수 있었던 그대

처음입니다
행복합니다
사랑합니다
숨겨 둔 내 마음을 찾아낸 당신
내 사랑 주인은 당신입니다

또 하나의 사랑

하얀 마음 널 사랑한다
선녀처럼 새하얀 너의 마음

하얀 너의 마음 위에
내 사랑 점점이 채워 가련다

슬퍼한 마음도
부끄러운 마음도
아쉬움에 원망 서린 사연도

가을밤 총총히 밝혀 주는 별빛처럼
너의 하얀 마음 위에 가득 채워 주련다

사모하는 마음

저마다 사랑이라 말을 할 때
난 사모한다 말하고 싶습니다

모두들 그리움이라 말을 할 때
난 외로움이라 말을 하렵니다

저마다 구애의 꽃을 피워
가을밤 별을 헤듯 소곤댈 적에

난 함께해 온 세월
그 시절을 뒤돌아보렵니다

사랑이라 말하지 않으렵니다
사모한다 전해 드립니다

내 사랑이란다
너를 영원히 사랑하련다

정

사랑도 마음속에
미움도 마음속에

싸워 가며 키운 사랑
해거리도 없다 합니다

사랑으로 일군 꽃밭
향기 일고 열매 되고
사랑 씨앗 맺을 날 있다 합니다

마음에 꽃밭을 가꿔 봐요
싸우며 깊은 정 든다 하지유

그대가 봉황

머리는 뱀이요

턱은 제비

거북등에 꼬리는 물고기 모양새

깃에는 찬란한 오색의 무늬를 가졌으니

그대가 봉황이라

상상이 하늘을 날 때

밤하늘 은하수가 빛나는 밤

눈 못 보는 박쥐 하늘을 난다네

상록수 사랑

봄날 사랑

화분엔 어머니 사랑

정원엔 아부지 사랑

거리엔 아지랑이 연인들 사랑

우리들 가슴

사철 푸르른 상록수를 심어 놓자

봄에 심은 사랑 다시 또 봄이 찾아와도

가슴엔 봄볕 아지랑이 일렁이는 사랑

푸르른 상록수 사랑

하아얀 마음 뭉게구름

하아얀 마음

뭉게구름 바람 일어

산 위에

들 위에

파아란 하늘 뭉게구름

산골 소년 어깨에 내려앉아

하아얀 마음

파아란 마음

슬플 땐 고개 들어

기쁠 땐 가슴을 열어

하아얀 마음 귓속말로 속삭여 오네

화들짝 열린 세상

그녀는
푸르른 청바지 분홍빛 티셔츠 갈아입고
들을 지나 산으로 오릅니다

그녀는
그렇게 왔다 황급히 떠나야 한답니다
초목(草木)도 늙어 늙어 흙으로 돌아가듯

그녀는
바람 타고 떠돌다 세월이 흘러가듯
그렇게 그렇게 갔습니다.

내 친구 봄

봄은 나의 유일한 친구

세월이 흐른다는 것을

파노라마로 보여 주는 유일한 친구

숨바꼭질하자 하며

소꿉놀이하자 하며

어제는 하얀 옷 오늘은 벌거숭이 변덕쟁이

노오란 옷 개구쟁이

파아란 들판에 다시 모여 고향 노래 합창을 합니다

봄은

나에게 이런 친구랍니다

하늘땅 거기 너와 나

높푸른 하늘이 눈을 떴네
이글거리는 정열도 함께
구름도 함께 춤을 추는 날

땅도 미소를 짓네
신록이 싱그런 웃음을 전해 준다
솔바람 불어 코끝 향기도 좋은 날

님은 지금 무엇을 하실까
님의 노랫소리 여운이 숨쉬는 날
솔바람 타고 오시려나
뭉게구름 타고 오시려나

너와 나
대지가 반겨 주는 거리
하늘이 축하해 주는 세상
땅끝 하늘까지 함께 가야지

싱그런 날

거울 속 너에게

외로운
밤바람은 창가를 서성이는가
한낮의 열정은 어둠 속을 헤매이는가

끈끈한 육신
쏟아지는 샤워 꼭지 앞에 밀치고
물끄러미 바라보는 거울 속 너에게 외마디

세월 가면
썩어 자연으로 돌아갈 몸
훌훌 벗어던진 진솔한 육신 앞에 웃는다

하얗게 피었다 사라지는 오열 앞에
가슴을 타 내려 발끝에 서성대는 그리움

외로운 밤
밤은 깊어 가는데
한낮의 열정을 부여잡고 절규하는가
미소로 화답하는 거울 속 너에게 외마디

지지배배

마당 가로지른
당당한 외줄 위에
찾아 준 신사
남쪽서 날아와
사뿐히 앉았다네

나폴대는 두 어깨에
눈이 부시게 걸쳐 있는
새하얀 사랑 이야기

빨 주 노 초 파 남 보

한 술 밥을 떠
상념으로 넘기시려나
한 술 밥을 떠
그리움으로 넘기시려나

마당 가로지른
당당한 외줄 위에
찾아 쉬어 가는 제비

지지배 지지배 노래를 하네
지지배배 지지배배 사랑 노래 전한다네

해 설

사랑과 노스탤지어, 그리고 풍유의 조화
- 정석희의 시 세계 -

박 경 석

시인·한국시문학평론학회 회장

국제 PEN클럽 이사

□ 긍정의 바탕 위에 핀 사랑꽃

정석희는 늦깍이 시인이다. 불혹에 들어선 나이어 등단을 하였으니 결코 빠른 출발은 아니다. 그러나 일찍 등단한 시인 못지않게 시 창작 의욕이 예사롭지 않다.

첫 시집의 분량만 해도 여느 시집들을 단연 압도하고 있다.

일반적으로 시에 대한 정의를 내린다는 것은 매우 어렵다. 왜냐하면 시를 보는 사람마다 감성의 차이가 있기 때문이다. 영국의 저명한 시인 워즈워드(William wordswarth : 1770~1850)는 "훌륭한 시는 강한 감정이 자연스럽게 흘러나오는 것"이라고 하여 난해한 시나 일부러 철학적 냄새를 풍기게 하는 따위의 작위적 시 창작을 배격하였다.

워즈워드의 시 가운데 세계의 명시로 손꼽는 「추수하는 아가씨」, 「수선화」, 「무지개」 등은 그의 시에 대한 견해처럼 자연스럽게 흘러나오는 감성의 노래이다.

정석희의 시는 전반적으로 워즈워드의 창작 기법과 흡사한 점이 있다

시의 내용과 형식에 있어서 다양한 감성을 표출하여 비판적이거나 분노의 절규 따위 부정적 시각으로 노래할 수 있지만 정석희는 긍정의 바탕 위에서 진솔한 사랑을 노래하고 있는 점이 돋보인다.

내일이 오면

거칠어도 멋지구나
구릿빛 얼굴 갈라 터진 손바닥
힘차게 딛고 살아가는 삶의 흔적
바람에 휘날리는 당신
그 머리카락도 아름다워라

의지의 꽃대
행복이란 꽃잎 품안에 보듬으니
사랑이란 꽃낭 미소로 화답하네

거친 언사 말구
거친 행동 말구
거칠어 갈라 터진 손
뒤꿈치도 아름답다 하네

다듬어 내 품속으로
사랑의 꽃향 가슴 하나 가득
행복한 삶이야

〈시 「내일이 오면」 전문〉

　위의 시 「내일이 오면」은 바로 정석회의 시적 감성과 긍정적 사고, 그리고 아내 사랑을 확연히 표현한 대표 시로 손색이 없다.
　한국 시단에서 아내에 대한 사랑시는 비교적 많은 편이지만 정석회의 「내일이 오면」처럼 소박하면서도 감성적인 시는 드물다.

가득한 사랑

텅 빈 가슴
때로는 혼자라는 생각에
문고리 부여잡고 울부짖던 날

떨어지는 별 헤다 지쳐 잠이 들곤 하던 날
이제는 당신의 사랑으로 가득합니다

<시 「가득한 사랑」 2연>

아내와 헤어져 있을 때의 고독을 회고하며 지금의 행복을 노래하고 있다. 이처럼 부부의 금실이 좋은 경우는 흔치 않다. '울부짖는다'는 격렬한 어휘가 어색하지 않게 가슴에 와닿는 것은 이 시가 갖는 기교라고 할 수 있다. 그 기교는 다음 행 '떨어지는 별 헤다 지쳐 잠이 들곤 하던 날'이 해답이라고 할 수 있다.

정석희의 아내 사랑의 절정은 시 「등불같은 당신」 마지막 연에서 찾을 수 있다.

사랑의 불꽃
내 마음 환하게 밝혀 주는
뜨거운 사랑의 불꽃
등불 같은 당신입니다

<시 「등불 같은 당신」 마지막 연>

□ 노스탤지어와 풍유의 조화

정석희는 지금 대전에서 살고 있지만 고향은 충북 청원 문의면이다. 문의면은 풍광이 아름다운 전형적인 충청도의 농촌 마을이다. 때문에 정석희의 작품에는 농촌에서의 일상을 읊은 시가 많은 편이다.

고향에 대한 그리움이 시적 상상으로 승화되어 슬펐던 일보다 할무니(할머니의 충청도 사투리)에 대한 그리움이 시 곳곳에 숨어 있다.

대전에서 청원 문의면은 그리 멀지 않는 곳이지만 시 전반에 걸친 노스탤지어(nostalgia)는 천상 그가 시인임을 말해 주고 있다. 향수보다 좋은 시의 소재는 그리 많지 않기 때문이다.

정석희는 스스로 자기를 낮추어 바보라 했고 언제나 촌놈이라고 생각하고 있다. 그의 이러한 겸손함이 오히려 바보가 아니고 촌놈도 아니라는 반증이 아닐까.

고향 생각

기척도 없다네요
밭둑에 호박도 통통 부운 볼멘소리 한마디 거들며
깊어 가는 가을날 울부짖는 귀뚜라미 소리에 묻어 보는 날

오늘따라
재 너머 지척에 남겨 둔 그리운 것들
고향 생각 가슴에 눈물 되어 흐릅니다
찬 서리 동트는 햇살에 이슬되어 흐릅니다

〈시「고향 생각」4·5연〉

　　고향에 대한 애착을 이처럼 간절하게 표현하는 것은 매우 이례적이
다. 이는 그의 시적 감성(sensitivity)이 얼마나 예민한가를 알게 하는
보기라 할 수 있겠다. 그러기에 그리 많지 않는 세월에 수백 편의 시를
쏟아 내는 정열과 시적 상상력을 구사할 수 있었을 것이다.

부지깽이 사랑

잘생기지도 못한 것이
헛간에서 뒹굴던 못난 것이
내 엄마 손잡고 날 놀려

부뚜막 까만 아궁이서 엄마
온 가족 사랑 지으시던 엄마
그날도 아름다운 엄마 사랑
부지깽이 네가 먼저이었지

활활 잘만 타는고만 공연히
엄마 손길에 아궁이 불씨를
쑤석쑤석 가마솥 흘리는 땀
신이 났어 박수를 치던 너

〈시 「부지깽이 사랑」1.2.3연〉

부지깽이에 빗대면서 어머니에 대한 사랑을 시샘하고 있는 품이 매우 풍유롭다.

원래 풍유(諷諭 : allegory)는 은유(metaphor)에 우화적인 구성을 적용시켜 풍자보다 풍기는 멋이 은은해서 읽는 사람으로 하여금 더 감칠맛을 느끼게 한다.

어머니에 대한 사랑을 부지깽이에 대비시켜 대화를 나누는 것과 같은 시 창작 기법은 매우 이색적이다. 잘못하면 난해 시가 될 법도 한데 「부지깽이 사랑」에서는 흥미를 느끼게 하는 기교까지 더해 풍유의 시로서 손색이 없다.

하늘에는

하늘에는
할무니가 계시는 곳
나의 옛 모습이 간간이 보이는 곳

쪼구렁
할무니 젖가슴에 묻혀
긴 밤 코 잠들 때면
귓전에 자장가 노랫소리
우리 할무니

〈시 「하늘에는」 1 · 2연〉

할머니에 대한 사랑과 그리움을 간명하게 표현하였다. 역시 이 시에서도 우화적인 풍유가 엿보여 읽는 사람으로 하여금 미소가 절로 나오게 한다.

누구나 할머니에 대한 사랑에 공감할 수 있고 짧은 글에서도 뚜렷한 의미가 느껴진다.

□ 자연의 풍광을 그리는 시심

농촌에서 어린 시절을 보내다가 성장하여 객지에서 살다 보면 자연

의 풍광이 그리운 법이다. 도시의 시끌시끌한 번잡함에서 벗어나 자연
에 회귀하고 싶은 마음은 누구나가 느낄 수 있는 현상이다. 더욱이 시
인게는 더욱 간절할 것이다.
　　정석희는 시집 상당 부분에서 자연의 풍광을 그리는 서경시(敍景詩)
를 선뵈고 있다.

뒤뜰에 채마밭 푸성귀 심어

뒤뜰에 채마밭
밤 사이 또 자랐네 한 뼘이나 자랐네
상추 대공 사이사이 쑥갓도 파릇
우리 집 뒤뜰에 작은 텃밭 할무니 놀이터

마루 끝에 걸터앉아 찬물에 밥을 말아
풋고추 고추장에 한 입 물고 버석버석
뜨락 끝에 멍멍이 저도 한 입 달라 하네
호호 매워 그 시절 그리워라

〈시 「뒤뜰에 채마밭 푸성귀 심어」 1·2연〉

　　농가의 풍광을 잘 그렸다. 누구나가 한 번은 맛보았을 '풋고추 한 입'
은 잊을 수 없는 한국의 맛이다.
　　이 글을 읽다 보면 절로 침을 삼키게 되는데, 이건 모두 지난날의 추
억 때문이리라.

촌 놈

내게도 고향이 있었지
봄엔 들판이 분주히 열리고
여름이면 매미들이 낮잠에서 깨우는
집집마다 살구나무 앵두나무 한 그루씩 두고 살던
그런 고향이 내게도 있었지

나지막한 돌담 위로 호박넝쿨 얽혀 있고

싸리나무 울타리 사이엔 뒷집 닭들이 옹기종기
간간이 날아든 잠자리도 넘실 나랫짓에 인사하던
새소리 멍멍이 소리만이 들리던 곳 고요한 마을
그런 고향이 내게도 있었지

〈시 「촌놈」 1·2연〉

간절하게 고향을 그리워하면서 농가 주변의 풍광을 잘 표현하고 있다. 도시에서 생존 경쟁의 치열한 나날을 보내는 사람치고 고향 농촌을 그리워하지 않는 사람이 있겠는가.

위 시는 자신을 촌놈으로 비하하면서도 촌놈임을 자랑스러워하는 은유가 있다.

정석희는 대전에서 살고 있지만 마음은 고향인 청원군 문의면에 있음을 보여 준 정감 넘치는 시를 썼다.

밤꽃이 필 때면

그윽한 향기
우리 누이 달려가 품에 안기었나
춤을 추며 다가오는 꽃향기에 반했다나
부풀은 풍선처럼 설레이는 가슴
홀로 하늘을 날아 본다 하였다네

밤꽃 향 그윽한 유월이면
산들바람에 띄워 보낸 세월이 그리워
꽃 향기 따라 길 나선 청춘이 보고파
거울 속 누이는 울고 있네
밤꽃이 필 때면

〈시 「밤꽃이 필 때면」 4·5연〉

밤꽃 향기를 맡아 보지 못한 사람은 위 시에 어려 있는 깊은 의미를 알기 힘들 것이다. 밤꽃 향기 때문에 생긴 설화가 많은데, 밤꽃 향기가 그만큼 강렬하면서도 그윽하기 때문일 것이다. 또한 밤꽃 향에는 이상하게도 남성의 정액 냄새가 은은하게 섞여 나온다. 그러므로 남성을 그

해 설
183

리워하는 여인들에게 밤꽃 피는 계절은 곧 설레임의 계절이다. 고독한
여인들에게 밤꽃의 계절은 곧 기다림의 계절인 것이다.

　밤꽃 풍광을 여인과 연관시켜 완성한 이 시는 우화적인 면에서 높게
평가할 만하다.

□ 감성과 직관의 시인

　감성(感性 : sensitivity)은 사람의 인식 세계에서 불가결한 능력이
다. 감성은 본능과 달리 이성(理性)의 작용에 따라 발휘되는데, 또한
시에 있어서는 원천적 의미의 감정이므로 시 창작에 있어서 필수 요소
라 할 수 있다.

　필링(feeling)은 수동적 감정의 초기단계이고 이펙트(effect)는 겉모
양의 인식 능력이다. 따라서 필링과 이펙트는 감성에 작용하는 분파적
의미를 갖는다.

　정석희는 매우 예민한 감성을 가지고 있다.

　사물이나 풍광 따위를 그의 독특한 감성으로 시로 승화시키는 능력
이 수준급이다.

　특히 그의 직관(直觀 : intuition)은 직선적이고 예리하다. 직관은
판단과 추리 등의 사유 작용을 덧보태지 않고 사물의 대상을 직접적으
로 파악하는 그 작용을 뜻하는데, 정석희의 시는 곳곳에서 그 흔적을
찾을 수 있다.

　정석희는 국문학을 전공하지 않았다. 그는 전형적인 테크노크라트이
다. 다만 천부적 감성과 직관으로 시인의 길에 들어선 것이다.

청춘이여

꿈을 키워라
원대한 꿈을 키워라
마음 담아라
바다같이 깊고 너른 마음
큰 그릇 얻어 가슴에 담아라

청춘이여
우리 이런 이야기 하자꾸나
도란도란 이야기 하자꾸나

넘실대는 파도 힘 빌려 고뇌 떨치고
솔숲 사이 불어오는 바람에 시름을 전해 즈고
시냇물 같은 인고의 삶일랑 벗어 내고
소리 없이 흐르는 바다 같은 삶을 키워 가자
청춘이여

<시 「청춘이여」 전문>

　정석희의 삶의 의지가 담긴 그 나름의 의미를 갖는 시이다. 그는 직장에서 열심히 일하며 살아가는 산업 전사이다. 눈코 뜰 사이 없이 바쁜 간부직을 수행하면서도 짧은 시일에 이 방대한 시집 「내 마음의 창」을 상재하였다.

　국문학을 전공한 문학인이 아니면서 자기만의 감성과 직관으로 시인의 길에 들어서게 된 것이다.

　그의 빛나는 성취에 갈채를 보내면서 해설을 맺는다. 보다 탁월한 시인이 될 것을 기원하면서.

약력소개

본명 : 정 석 희 (鄭 釋 喜)
필명 : 玄岩 (애칭: 바보현암)
출생 : 충북 청원 문의면
약력 : 월간 <순수문학> 등단
　　　-. 「여명이 열리는 세상」
　　　-. 「당신의 매운 한마디는 나의 스승입니다」
　　　-. 「석양이 눈앞에 드리울 제」
　　　-. 「높은 산 올라 내려 뵈는 세상」
　　　-. 「뒤뜰에 채마밭 푸성귀 심어」

내 마음의 창　　　　　값 8,000원

초판 인쇄 / 2004년 10월　1일
초판 발행 / 2004년　10월 10일
지은이 / 정 석 희
펴낸이 / 최 석 로
펴낸곳 / 서 문 당
주　소 / 서울시 마포구 성산동 54-18호
동산빌딩 2층
전화 / 322-4916~8
팩스 / 322-9154
창업일 / 1968. 12. 24
등록일자 / 2001.　1. 10
등록번호 / 제 10 - 2093 호

* 잘못된 책은 바꾸어 드립니다

서문문고 목록

001~303

◆ 번호 1의 단위는 국학
◆ 번호 홀수는 명저
◆ 번호 짝수는 문학

001 한국회화소사 / 이동주
002 황야의 늑대 / 헤세
003 고독한 산책자의 몽상 / 루소
004 멋진 신세계 / 헉슬리
005 20세기의 의미 / 보울딩
006 가난한 사람들 / 도스토예프스키
007 실존철학이란 무엇인가/ 볼노브
008 주홍글씨 / 호돈
009 영문학사 / 에반스
010 황혼의 이야기 / 쯔바이크
011 한국 사상사 / 박종홍
012 플로베르 단편집 / 플로베르
013 엘리어트 문학론 / 엘리어트
014 모옴 단편집 / 서머셋 모옴
015 몽테뉴수상록 / 몽테뉴
016 헤밍웨이 단편집 / E. 헤밍웨이
017 나의 세계관 /아인스타인
018 춘희 / 뒤마피스
019 불교의 진리 / 버트
020 뷔뷔 드 몽빠르나스 /루이 필립
021 한국의 신화 / 이어령
022 몰리에르 희곡집 / 몰리에르
023 새로운 사회 / 카아
024 체호프 단편집 / 체호프
025 서구의 정신 / 시그프리드
026 대학 시절 / 슈토롬
027 태초에 행동이 있었다 / 모로아
028 젊은 미망인 / 쉬니츨러
029 미국 문학사 / 스필러
030 타이스 / 아나톨프랑스
031 한국의 민담 / 임동권
032 모파상 단편집 / 모파상
033 은자의 황혼 / 페스탈로치

034 토마스만 단편집 / 토마스만
035 독서술 / 에밀파게
036 보물섬 / 스티븐슨
037 일본제국 흥망사 / 라이샤워
038 카프카 단편집 / 카프카
039 이십세기 철학 / 화이트
040 지성과 사랑 / 헤세
041 한국 장신구사 / 황호근
042 영혼의 푸른 상혼 / 사강
043 러셀과의 대화 / 러셀
044 사랑의 풍토 / 모로아
045 문학의 이해 / 이상섭
046 스탕달 단편집 / 스탕달
047 그리스, 로마신화 / 벌핀치
048 육체의 악마 / 라디게
049 베이컨 수상록 / 베이컨
050 마농레스코 / 아베프레보
051 한국 속담집 / 한국민속학회
052 정의의 사람들 / A. 까뮈
053 프랭클린 자서전 / 프랭클린
054 투르게네프 단편집
       / 투르게네프
055 삼국지 (1) / 김광주 역
056 삼국지 (2) / 김광주 역
057 삼국지 (3) / 김광주 역
058 삼국지 (4) / 김광주 역
059 삼국지 (5) / 김광주 역
060 삼국지 (6) / 김광주 역
061 한국 세시풍속 / 임동권
062 노천명 시집 / 노천명
063 인간의 이모저모/라 브뤼에르
064 소월 시집 / 김정식
065 서유기 (1) / 우현민 역
066 서유기 (2) / 우현민 역
067 서유기 (3) / 우현민 역
068 서유기 (4) / 우현민 역
069 서유기 (5) / 우현민 역
070 서유기 (6) / 우현민 역
071 한국 고대사회와 그 문화 /이병도
072 피서지에서 생긴일 /슬론 윌슨
073 마하트마 간디전 / 로망롤랑
074 투명인간 / 웰즈

<table>
<tr><td>075 수호지 (1) / 김광주 역</td><td>116 춘향전 / 이딘수 역주</td></tr>
<tr><td>076 수호지 (2) / 김광주 역</td><td>117 형이상학이란 무엇인가</td></tr>
<tr><td>077 수호지 (3) / 김광주 역</td><td>　　　　/ 하이데거</td></tr>
<tr><td>078 수호지 (4) / 김광주 역</td><td>118 어머니의 비밀 / 모파상</td></tr>
<tr><td>079 수호지 (5) / 김광주 역</td><td>119 프랑스 문학의 이해 / 송면</td></tr>
<tr><td>080 수호지 (6) / 김광주 역</td><td>120 사랑의 핵심 / 그린</td></tr>
<tr><td>081 근대 한국 경제사 / 최호진</td><td>121 한국 근대문학 사상 / 김윤식</td></tr>
<tr><td>082 사랑은 죽음보다 / 모파상</td><td>122 어느 여인의 경우 / 콜드웰</td></tr>
<tr><td>083 퇴계의 생애와 학문 / 이상은</td><td>123 현대문학의 지표 외/ 사르트르</td></tr>
<tr><td>084 사랑의 승리 / 모옴</td><td>124 무서운 아이들 / 장콕토</td></tr>
<tr><td>085 백범일지 / 김구</td><td>125 대학·중용 / 권태익</td></tr>
<tr><td>086 결혼의 생태 / 펄벅</td><td>126 사씨 남정기 / 김만중</td></tr>
<tr><td>087 서양 고사 일화 / 홍윤기</td><td>127 행복은 지금도 가능한가</td></tr>
<tr><td>088 대위의 딸 / 푸시킨</td><td>　　　　/ B. 러셀</td></tr>
<tr><td>089 독일사 (상) / 텐브록</td><td>128 검찰관 / 고골리</td></tr>
<tr><td>090 독일사 (하) / 텐브록</td><td>129 현대 중국 문학사 / 윤영춘</td></tr>
<tr><td>091 한국의 수수께끼 / 최상수</td><td>130 펄벅 단편 10선 / 펄벅</td></tr>
<tr><td>092 결혼의 행복 / 톨스토이</td><td>131 한국 화폐 소사 / 최호진</td></tr>
<tr><td>093 율곡의 생애와 사상 / 이병도</td><td>132 사형수 최후의 날 / 위고</td></tr>
<tr><td>094 나심 / 보들레르</td><td>133 사르트르 평전/ 프랑시스 장송</td></tr>
<tr><td>095 에머슨 수상록 / 에머슨</td><td>134 독일인의 사랑 / 막스 뮐러</td></tr>
<tr><td>096 소아나의 이단자 / 하우프트만</td><td>135 사서삼경 길문 / 이민수</td></tr>
<tr><td>097 숲속의 생활 / 소로우</td><td>136 로미오와 줄리엣 /셰익스피어</td></tr>
<tr><td>098 마을의 로미오와 줄리엣 / 켈러</td><td>137 햄릿 / 셰익스피어</td></tr>
<tr><td>099 참회록 / 톨스토이</td><td>138 오델로 / 셰익스피어</td></tr>
<tr><td>100 한국 판소리 전집 /신재효,강한영</td><td>139 리어왕 / 셰익스피어</td></tr>
<tr><td>101 한국의 사상 / 최창규</td><td>140 맥베스 / 셰익스피어</td></tr>
<tr><td>102 결산 / 하인리히 빌</td><td>141 한국 고시조 500선/ 강한영 편</td></tr>
<tr><td>103 대학의 이념 / 야스퍼스</td><td>142 오색의 베일 / 서머셋 모옴</td></tr>
<tr><td>104 무덤없는 주검 / 사르트르</td><td>143 인간 소승 / P.H. 시몽</td></tr>
<tr><td>105 손자 병법 / 우현민 역주</td><td>144 불의 강 외 1편 / 모리악</td></tr>
<tr><td>106 바이런 시집 / 바이런</td><td>145 논어 /남만성 역주</td></tr>
<tr><td>107 종교론,국민교육론 / 톨스토이</td><td>146 한여름밤의 꿈 / 셰익스피어</td></tr>
<tr><td>108 더러운 손 / 사르트르</td><td>147 베니스의 상인 / 셰익스피어</td></tr>
<tr><td>109 신역 맹자 (상) / 이민수 역주</td><td>148 태풍 / 셰익스피어</td></tr>
<tr><td>110 신역 맹자 (하) / 이민수 역주</td><td>149 말괄량이 길들이기/셰익스피어</td></tr>
<tr><td>111 한국 기술 교육사 / 이원호</td><td>150 뜻대로 하셔요 / 셰익스피어</td></tr>
<tr><td>112 가시 돋힌 백합/ 어스킨콜드웰</td><td>151 한국의 기후와 식생 / 차종환</td></tr>
<tr><td>113 나의 연극 교실 / 김경옥</td><td>152 공원묘지 / 이블린</td></tr>
<tr><td>114 목녀의 로맨스 / 하디</td><td>153 중국 호화 소사 / 허영환</td></tr>
<tr><td>115 세계발행금지도서100선</td><td>154 데미안 / 헤세</td></tr>
<tr><td>　　　　/ 안춘근</td><td>155 신역 서경 / 이민수 역주</td></tr>
</table>

234 박경리 단편선 / 박경리
235 대학과 학문 / 최호진
236 김유정 단편선 / 김유정
237 고려 인물 열전 / 이민수 역주
238 에밀리 디킨슨 시선 / 디킨슨
239 역사와 문명 / 스트로스
240 인형의 집 / 입센
241 한국 골동 입문 / 유병서
242 토마스 울프 단편선/ 토마스 울프
243 철학자들과의 대화 / 김준섭
244 파리시절의 릴케 / 버틀러
245 변증법이란 무엇인가 / 하이스
246 한용운 시전집 / 한용운
247 중론송 / 나아가르쥬나
248 알퐁스도데 단편선 / 알퐁스 도데
249 엘리트와 사회 / 보트모어
250 O. 헨리 단편선 / O. 헨리
251 한국 고전문학사 / 전규태
252 정을병 단편집 / 정을병
253 악의 꽃들 / 보들레르
254 포우 걸작 단편선 / 포우
255 양명학이란 무엇인가 / 이민수
256 이육사 시문집 / 이원록
257 고시 십구수 연구 / 이계주
258 안도라 / 막스프리시
259 병자남한일기 / 나만갑
260 행복을 찾아서 / 파울 하이제
261 한국의 효사상 / 김익수
262 갈매기 조나단 / 리처드 바크
263 세계의 사진사 / 버먼트 뉴홀
264 환영(幻影) / 리처드 바크
265 농업 문화의 기원 / C. 사우어
266 젊은 처녀들 / 몽테를랑
267 국가론 / 스피노자
268 임진록 / 김기동 편
269 근사록 (상) / 주회
270 근사록 (하) / 주회
271 (속)한국근대문학사상/ 김윤식
272 로렌스 단편선 / 로렌스
273 노천명 수필집 / 노천명
274 콜롱바 / 메리메
275 한국의 연정담 /박용구 편저

276 삼현학 / 황산덕
277 한국 명창 열전 / 박경수
278 메리메 단편집 / 메리메
279 예언자 /칼릴 지브란
280 충무공 일화 / 성동호
281 한국 사회풍속야사 / 임종국
282 행복한 죽음 / A. 까뮈
283 소학 신강 (내편) / 김종권
284 소학 신강 (외편) / 김종권
285 홍루몽 (1) / 우현민 역
286 홍루몽 (2) / 우현민 역
287 홍루몽 (3) / 우현민 역
288 홍루몽 (4) / 우현민 역
289 홍루몽 (5) / 우현민 역
290 홍루몽 (6) / 우현민 역
291 현대 한국시의 이해 / 김해성
292 이효석 단편집 / 이효석
293 현진건 단편집 / 현진건
294 채만식 단편집 / 채만식
295 삼국사기 (1) / 김종권 역
296 삼국사기 (2) / 김종권 역
297 삼국사기 (3) / 김종권 역
298 삼국사기 (4) / 김종권 역
299 삼국사기 (5) / 김종권 역
300 삼국사기 (6) / 김종권 역
301 민화란 무엇인가 / 임두빈 저
302 무정 / 이광수
303 야스퍼스의 철학 사상
　　　/ C.F. 윌케프
304 마리아 스튜아르트 / 쉴러
306 오를레앙의 처녀 / 쉴러
309 한국의 굿놀이(상)
　　　/ 정수미
310 한국의 굿놀이(하)
　　　/ 정수미
311 한국풍속화집 / 이서지
312 미하엘 콜하스 / 클라이스트
314 직조공 / 하우프트만
316 에밀리아 갈로티 / G. E. 레싱
318 시몬 마샤르의 환상
　　　/ 베르톨트 브레히트
321 한국의 꽃그림 / 노숙자